白鳥士郎
イラスト しらび
JN131642
ryuoh no oshigoto!
りゅうおうのおしごと!
盤外編 1

もくじ

# 登場人物紹介

## 九頭竜八一（くずりゅうやいち）
将棋界の最高タイトル・竜王の保持者。あいを内弟子として育てる。

## 雛鶴あい（ひなつるあい）

八一の一番弟子（小学生）。プロ顔負けの終盤力が武器。実家は温泉旅館を経営。

## 空銀子（そらぎんこ）
八一の姉弟子。女流二冠。《浪速の白雪姫》の異名を持つ。

## 夜叉神天衣（やしゃじんあい）

の二番弟子（小学生）。神戸出身
嬢様で別名《神戸のシンデレラ》。

## 水越澪（みずこしみお）

JS研のメンバー。あいの初めての棋友。

## 貞任綾乃（さだとうあやの）

JS研のメンバー。京都出身で万智の妹弟子。

## シャルロット・イゾアール

JS研のメンバー（6さい）。フランス出身。八一に弟子入り希望中。

## 神鍋歩夢（かんなべあゆむ）

のライバルで関東所属の棋士。
とゴッドコルドレンと名乗る。

## 祭神雷（さいのかみいか）

女流帝位のタイトル保持者。八一にぞっこん。通称《捌きのイカヅチ》。

## 釈迦堂里奈（しゃかんどうりな）
歩夢の師匠で女流名跡の保持者。永遠の女王（エターナルクイーン）と呼ばれる。

## 池田晶（いけだあきら）

天衣の付き人。天衣お嬢様第一主義を掲げよく暴走する。

## 鹿路庭珠代（ろくろばたまよ）
所属の女流二段。現役の女子大
愛称は「たまよん」。

清滝鋼介（きよたきこうすけ）

ハーと銀子の師匠。段位は九段。娘の
桂香と大阪で暮らしている。

清滝九段の一人娘。女流
銀子の面倒をよく見る。

供御飯万智（くぐいまち）

山城桜花のタイトル保持者。観戦記者
でもある。通称《嬲り殺しの万智》。

女流玉将。歩夢と同じく
称《攻める大天使》。

生石飛鳥（おいしあすか）

生石充玉将の一人娘。家業の銭湯を
手伝っている。

関東所属のプロ棋士。
《両刀使い》の異名を持つ

ハー
のお
ハー
自ら
関
生

# りゅうおうのおしごと！
# 盤外編１

白鳥士郎

GA文庫

カバー・口絵　本文イラスト
しらび

# 第一譜

## 『りゅうおうのおしごと！』第1巻～第8巻店舗特典SS集

この章には『りゅうおうのおしごと！』第１巻から第８巻までの
店舗特典ＳＳを加筆・修正したものが収録されています。

第1巻

## ネットで将棋

Amazon特典

## 特別短編 女流棋士になるには？

アニメイト関西・中部エリア限定特典

## みのがこい（りゅうおうのおしごと！ SIDE）
## しょうぎ！（のうりん SIDE）

アニメイト・とらのあな・ゲーマーズ・メロンブックス共通特典
「りゅうおうのおしごと！」＆「のうりん」合同小冊子

# ネットで将棋

「あい。もう九時だぞ？　そろそろ寝ろよ？」

「んー……もうちょっとー」

布団(ふとん)を敷いた和室で、風呂(ふろ)上がりの小学生が正座したままスマホを両手持ちして、一心不乱に何かをしている。

こう、こう、こうこうこうこうこうこう……と小さく声を漏(も)らしながら前後に激しく揺れている様子を見れば、何をしているかは一目瞭然。

将棋だ。

「またネットの将棋対局かぁ？　ってかおまえ、風呂出てからずっとやってるじゃねえか」

「もうちょっと……もうちょっとですからー……」

終盤戦なんだろう。あいはこっちを見ようともしない。

着ているのはキャミソールとハーフパンツだけ。いつもは二つに括っている長い黒髪が、今は濡(ぬ)れたまま背中に垂れている。

「あーあー、女の子が髪も乾かさずにネットで将棋三昧とか……こんなことしてたら姉弟子みたいになっちゃうぞ？」

「ちょっと師匠⁉　どうしてここであの女の人が出て…………あっ‼」

「ん？　どうした？」

「もー‼　ししょーのせいで頓死しちゃったじゃないですかーっ‼　ぷんぷんですよ⁉」

「ぷんぷんするのは俺の方だよ！　ほら、風邪ひくからちゃんと髪を乾かしなさい」

「……はぁーい」

「ったく……拭いてやるから静かに座ってろ」

「わふわふわふー♥」

　この子が弟子入りすることが決まってから二人で梅田のデパートへ買いに行ったフワフワなバスタオルで髪をぬぐう。

　まるで雨の中で拾って来た子犬をぬぐうようだ。子犬拾ったことないけど。

「どうだ？　力加減、大丈夫か？」

「はい！　ししょー、じょうずですねぇ？」

「姉弟子が風呂上がりにネットで将棋やってる時、俺はその髪を乾かす係だったんだよ」

「っ！」

　俺の姉弟子……空銀子女流二冠の名前が出た途端、それまでバスタオルの中で気持ちよさそうにしていたあいが、急に身体を硬くする。

それにしても懐かしいな。

「頭を揺らすと怒られるし、ちゃんと乾いてないともっと怒られるから、他人の髪を乾かすスキルにはけっこう自信があるんだよね！」

「……」

「ほい終わり」

……バスタオルを回収する。

タオルの中から出て来た小学生の顔は、まるでヒマワリの種を口に詰め込んだハムスターみたいに膨れていた。

「……ん？　なにムクれてんだ？」

「べつにむくれてないです！　ししょーのどんかんっ!!」

「ムクれてるじゃないか……」

「これはさっき頓死したから怒ってるんです！　あと一勝すれば段位が上がったのに……これでしばらくおあずけです!!」

「あー……昇段の一局だったのか。そりゃ大きい勝負だったな」

「ぷんぷんですよー？」

「ゲームだからってバカにできないよな。今じゃあネットの将棋対局で取った段位を将棋連盟に申請すれば、本物の免状がもらえるし」

ネットで手軽に段位が取れる時代になったことで、連盟が発行する初段の免状の数はかなり増えたらしい。

その免状に竜王として署名する俺が言うんだから間違いない。

「『将棋倶楽部24』と『将棋ウォーズ』、どっちも楽しいです！　あと『ぴよ将棋』は簡単で楽しいのに盤面解析とかできてすごいと思いますっ!!」

「ブラウザの『きのあ将棋』も初心者向きの機能とかあって面白いよな。『詰将棋パラダイス』のアプリも空き時間についついやっちゃうし」

「詰将棋の問題がいっぱいありますー♥」

詰将棋大好きガールのあいちゃんはすっかり機嫌を直している。

「スマホがあればいつでもどこでも一人でも将棋が楽しめるわけだ。一時期はテレビゲームに押されて将棋なんて廃れちまうって言われてたけど、このＩＴの時代になって将棋ブームが来たってのは不思議なもんだよな……」

「わたしも実家にいたときは、ネットでしか対局できなかったから……たぶんネット将棋がなかったら、将棋おぼえられなかったと思います(>_<)」

「実際、最近の地方出身プロ棋士の中には『ネット対局のおかげで強くなりました！』って公言する棋士も多いしね」

「いつでも指せるし、いくらでも強い相手がいますもんね！　れーてぃんぐが上がっていくのも楽しいです！」

「……レーティングは魔物だ。取り憑（つ）かれると将棋と人生がおかしくなるぞ」

「将棋どころか人生までっ⁉」

ちなみにレーティングというのは強さを数値化したもの。チェスの世界で用いられていて、将棋がそれを輸入した。

これがなかなかの曲者（くせもの）なのだ……。

「ネット将棋は持ち時間が短くて、サクサク指せるのが魅力だよな。でもそれだけに止め時が難しい。特に、負けてレーティングが下がった時は、それを取り返そうとして熱くなった状態で相手を探す。レーティングをいっぱい上げようと思ったら強い相手と指さなきゃいけないから、普段でも勝てるかどうかって相手に挑む。けど、冷静さを欠いた状態で早指しなんかやったってポカしまくりで勝てるわけがない。そんな状態で負け続ければ将棋がおかしくなるのは当たり前で、そして俺たちにとって将棋とは人生そのもの。ゆえに将棋がおかしくなれば人生までもがおかしくなる……」

「じゃあ……ネット将棋は、よくないんですか？」

「いや、そういうことじゃないんだ」

不安そうな弟子の頭に手を置いて、俺は優しく諭（さと）す。

「俺が言いたいのは、ネットはあくまで便利な道具であって、その便利さに振り回されないようにきちんと自制しないといけないってこと。ネットを使うと将棋が弱くなるなんてことはなくて、一番強いプロ棋士はネットみたいに便利な道具もちゃんと使いこなしつつ結果を残せる人たちだからね」

「便利すぎるから、自分でこんとろーるしないといけないんですね！」

「だからこうしてダラダラとネット将棋を続けるんじゃなくて、やるなら集中して一局一局を大事にしなきゃいけないぞ？」

あいにパジャマを着せながら師匠っぽく威厳のある声で言う。

「ネットの対局だから軽いなんてことは絶対になくて、道場で指す対局と同じように相手がいて将棋を指してるんだから。ちゃんと座って、髪を乾かしてからやらないと」

「はいっ！」

「さ。今日はもう遅いから早く寝なさい」

そう言って自室に引き上げようとする俺に、枕（まくら）を抱っこしたあいが聞いてくる。

「師匠は寝ないんですか？」

「うん。俺はこれからネット将棋で知り合った海外の女の子と将棋指しながら徹夜でチャットするから」

「けっきょく自分がいちばん軽いじゃないですかばかばかばかばかばかー!!」

## 特別短編
# 女流棋士になるには？

それは、あいが大阪(おおさか)に来てすぐのことだった。

「あい。『プロ棋士』と『女流棋士』の違い、わかるか？」

「わかりませんっ!!」

「元気いっぱいだねぇ……」

俺の弟子になるために北陸からランドセル一つでやって来たＪＳは、将棋の基礎的な知識すらあやふやだった。

当然ながら将棋界の制度については無知そのもの。

自分がいったい何を目指しているのかすら理解していない……それであの強さというのも、凄いんだけどね？

「もう何度も説明したけど、プロ棋士になるには関東と関西の将棋会館にそれぞれある『奨励会』っていう育成機関で修業しなくちゃならない。一方、女流棋士になるには『研修会』っていう育成機関で修業するのが基本だ」

ryuoh no oshigoto! bangaighen

「はい！　あいは関西の研修会に入りましたー」

「研修会ってのは、奨励会の下部組織的な意味もある。研修会で一番上のクラスに辿り着けば、奨励会の一番下の級に編入できるんだ」

「わたし、まだ研修会の一番下のＦ２です……(>_<)」

「研修会のＦクラスでも、アマチュアの段位なら二段くらいあるからな。あいは将棋を始めて半年にもならないだろ？　大したもんだよ」

「じょりゅう棋士になるには研修会でＣ１にならなくちゃいけないから……ええと……Ｆ１、Ｅ２、Ｅ１、Ｄ２、Ｄ１、Ｃ２、Ｃ１で、あと六つも上がらなくちゃやです！」

「おいおい、そのくらいで驚かないでくれよ。プロ棋士になろうと思ったら、さらにＢ２、Ｂ１、Ａ２から奨励会の六級に編入して、そこからさらに九段階上がって四段にならなきゃいけないんだぞ？」

「ふぇぇ～……」

　ちなみにこれはあいが大阪に来てすぐの情報で、今は女流棋士になるために研修会でＢ２まで行かなくちゃいけない。

　姉弟子の影響で研修会に入る女の子が激増したから合格ラインが厳しくなったのだ。

「関東と関西の奨励会員を合わせると、だいたい百五十人くらい。その中からプロになれるのは一年で四人だけ。しかも普段は関東は関東、関西は関西の奨励会員としか戦わないんだけど、三段になると関東関西両方の三段が一堂に会して半年に一回行われる地獄の『三段リーグ』を抜けなきゃならないんだ。三段リーグはどれだけ三段の数が増えても、一回のリーグで上がれるのは原則二人。だから奨励会じゃあ『三段まで来てやっと半分』って言われるほどで――」

「あの……ししょー？」

「ん？」

「さっきから、『関東』と『関西』ってざっくりわけてますけど、どこでわけてるんです？」

「どこからが関東でどこからが関西かってのは微妙な問題だなー。どっちに登録するかは機械的に決まるわけじゃなくて自分の希望で申請するわけだから、色んな要素が作用するし。でもまあ、一般的に境界になるのは――」

「ぎふぅ？」

「いや、岐阜は関西圏だな。愛知も将棋界的には関西に含まれると思う。静岡、長野、富山辺りが境界なんじゃないかと思うよ」

「将棋会館って、東京と大阪にしかないんですよね？」

「うん」

「じゃあ北海道とか九州とか、すっごく遠くに住んでる人はどうするんです？」

「そりゃ、対局のたびに将棋会館まで来るんだよ。飛行機とか新幹線に乗って」

「え⁉　たいへんじゃないですか⁉」

「収入のあるプロ棋士や女流棋士なら自分でアパート借りて東京か大阪で一人暮らしとかもできるけど、まだ学生の奨励会員や研修生は家から通うのが普通だからな。学校もあるし、あいの言う通り本当に大変だと思うよ」

「ですよねー」

「四国に住んでる女流棋士の人は、東京に行くのは飛行機を使うから早く着くけど、大阪に行くのは船を使うから逆に時間がかかるって言ってたな」

「おふねですか⁉」

「そう。まず家から港までバスで二時間。それから船に乗って八時間。で、関西将棋会館まで電車で一時間。待ち時間を含めると十二時間くらいかかるらしい」

「ひえぇー……」

「研修会時代からそういう苦労を重ねてるから、自然と将棋に対する姿勢も厳しくなる。地方出身者は根性の入った将棋を指すぞ」

「つ、強そうです！」

「とはいえ、やっぱり移動時間が長いってのは不利だと思うよ。移動だけで疲れちゃうし、将棋の勉強をする時間も減るし……だからあいみたいに将棋会館の近くに住んで修業できるってのは、すごく恵まれてるんだからな？」

「はいっ！　がんばって早くじょりゅう棋士になります‼」

「よし！　その意気だ！」

「いっぱい勉強して、研修会で一番強くなります‼」

「ちなみに奨励会は東京と大阪にしかないけど、研修会は関東関西の他に『東海研修会』ってのが名古屋にある」

「なごや…………みそかつ！」

「味噌カツね。うん。美味しいよね。将棋の話、しよっか？」

「みそにこみっ！　ひつまぶしっ‼　えびふりゃーっ‼」

（変なスイッチ入っちゃったな……）

「きしめ……東海研修会、みりょくてきですっ！」

「そうだな。俺も一回顔を出したことがあるけど、確かにいいところだったよ」

「食べ物がおいしいからですか？」

「それもあるけど、東海研修会は女の子が多いんだよね」

「ししょーのえっち‼　ろりこんっ‼」

ちなみに研修会も姉弟子の影響で増えて、今は北海道と仙台、それに福岡にもできた。女の子が多いかは知らない。

……おい！　本当に知らないって言ってるだろ⁉

# みのがこい

「んー。ふむむー」

　ある日のこと。

　内弟子に取った小学四年生の雛鶴あいが、和室に置いた七寸盤の前に正座して、首をあっちに傾けたりこっちに傾けたりしている。

　何だっけ？　あれだ……やじろべえ。そんな感じだ。

「どうしたあい？　そんな難しい顔して」

「あっ、師匠！　ちょっと、わからないことがあって……」

「何が？」

「かこいの名前についてなんですけど」

「囲いの？」

「これ見てくださいー」

　と、あいは盤に並べた局面を示す。

ryuoh no oshigoto! bangaighen 1

対抗形の将棋で、振り飛車側はオーソドックスな美濃囲いで……まあよくある形だ。棋士であれば『親の顔より見た将棋』ってやつ。

「……うん。特におかしな部分は無いと思うけど？」

「これ、『みのがこい』ですよね？」

「そうだね」

「なんで『みのがこい』っていうんですか？」

「はぁ……？」

「綾乃ちゃんは、ミノ虫の『みの』だっていうんです。でも澪ちゃんは、お肉の『ミノ』だっていってゆずらないんです」

「え⁉ あの、焼き肉で出てくるコリコリしたミノ？」

「はい」

「何で？」

「コリコリして、堅いからぁ？」

「……」

「ししょー、どっちが正解なんです？」

「どっちだと思う？」

「んー…………にくぅ？」

「そうかー……」

「おにくぅ？」

「正解は――」

「どきどき……！」

「どっちも違います！」

「ええー(>_<)」

「『みのがこい』は『美濃囲い』っていう字を書くんだけど、この『美濃』っていうのは美濃国のことなんだ」

「みののくに？」

「美濃地方。つまり今の岐阜県南部だな」

「ぎふぅ？」

「そう。戦国時代に美濃国を支配してた織田信長（おだのぶなが）が名付けたっていう伝説もある。信長は将棋や囲碁が大好きだったから」

「美濃囲いってそんなに古くからあるんですか⁉」

「ま、さすがにそれは事実じゃないらしいけどね。有力なのは、江戸時代に美濃国出身の強豪・松本紹尊って人が指し始めたからって説だったかな？」

「それでも古いですよ！　びっくりです！」

「この美濃囲いは基本的には振り飛車にした時に使う囲いだけど、江戸時代は振り飛車全盛の時代だったから。それで一気に広まったんじゃないか？」

「ぎふぅ……」

「どんなとこか知ってるか？」

「げろおんせん……」

「下呂温泉ね。姉弟子のタイトル戦の大盤解説で行ったことがあるな」

「ひだぎゅう……」

「飛騨牛な。そういえば岐阜県の農業高校で、その飛騨牛を碁盤に乗せる部活があるってニュースをテレビで見たことがあるな」

「ええっ⁉　うしさんが盤の上に乗るんですか⁉」

「驚くだろ？　ちゃんと乗るんだよこれが。まあ囲碁の盤は将棋盤よりかなり大きいんだけど、それでもびっくりだよなー」

「どんなふうに乗るんです？」

「いやぁ、それがあんまり憶えてなくて……牛も大きくてびっくりしたんだけど、その牛を操ってる農業高校生の女の子のおっぱいがさらに大きくて超びっくりしてそっちしか記憶にないっていうか……」

「……だらぶち」

「ま、まあ美濃囲いはそんなわけで美濃国から付いたわけだけど！」

　ちなみにあいが呟いた『だらぶち』という言葉は、この子の地元である北陸の方言で『クソ野郎』とかそんな感じだ。危ない危ない……。

「他の囲いだと、囲いの形が何かに似てるからって理由で付けられた名前もあるんだよ⁉」

「ふぇ？　どんな囲いです？」

　俺は盤に並べられた居飛車側の囲いを指さして、

「たとえば、あいが一番好きな囲いの——」

「きゃにがこーい‼」

「『カニ囲い』な。見た感じがカニっぽいだろ？」

「……きゃにぃ？」

「ほら、玉がカニの胴体で、その上にある左右の金がハサミっぽいじゃん？」

「…………………」

　あいはしばらく盤面を眺めてから、こう言った。

「中央にある『玉』の文字が、腹筋が六つに割れてるっぽく見えます」

「シックスパック⁉」

「今日からこれは『腹筋囲い』とよびましょう」

「やめて‼」

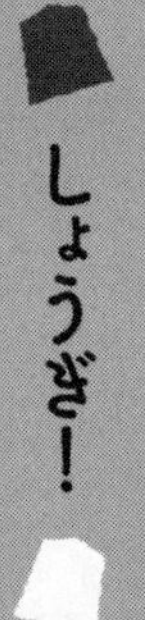

# しょうぎー!

※この小説は『りゅうおうのおしごと!』第1巻と同時発売された『のうりん』第11巻の特典です。

　ある日。ぼく──畑耕作(はたこうさく)が寮の食堂に顔を出すと、同じ寮生の中沢農(なかざわみのり)と木下林檎(きのしたりんご)ちゃんが何かボードゲームをやっているようだった。

「王手やら!」

「アー、ヤッチャヤッタヨー」

「農? 林檎ちゃん? 二人とも楽しそうだね? 何してんの?」

「「将棋!」」

「へー、将棋なんて打てたんだ? いつのまに覚えたの?」

「耕作。将棋は『指す』っていうのよ?」

　林檎ちゃんは二本の指で器用に駒を摘(つま)みながら、フフンと誇らしげに言ってくる。練習したのかな？

　本を片手に将棋を指していた農が説明してくる。

「林科の人んたぁに将棋盤と駒をいただーたもんで、図書館で本を借りてきて覚えたんやて」

「林科って……あいつら将棋の道具なんてもんまで作ってるの？　相変わらず器用だけど、また何で？」

　林業工学科はこの田茂農林高校で最も男臭い学科だ。男ばっかりだから将棋みたいな勝負事が好きなのかな？

「将棋の駒も盤も木でできているからな」

「継！」

「将棋盤の素材で最も良いとされるのは榧、駒の素材として最上とされるのは黄楊だが、それ以外の素材を使ってもそれなりのものはできる」

　親友の過真鳥継は眼鏡を指で押し上げながらスラスラと説明してくれた。

「山を管理するためには木を放置するのではなく適切に間伐する必要があるが、その時に出た間伐材を使って将棋の駒などを作れば、間伐の費用も負担できるということなんだろう。林科の連中にしてはなかなか考えたじゃないか」

「おまえホント何でも知ってるねぇ……」

「ちなみに将棋駒の生産で有名なのは山形県の天童市だ。ここは江戸時代、織田藩があったんだが――」

「織田信長の織田家やの？」

「そうだ。信長の次男である信雄（のぶかつ）の血統だな。雪深く厳しい自然条件では凶作も多く、それによって家禄を減らされた武家の内職として駒作りが発展したらしい」

「切実やねぇ……」

中山間部出身の農とぼくは、当時の暮らしを想像して溜息（ためいき）を吐（つ）いた。

「ぼくらの実家も冬は雪が積もるからなぁ。冬は出稼ぎに行ったり、炭を焼いたり下駄（げた）を作ったりで内職してたっていうよね」

「それに今は将棋ブームが来ているからな。ニコニコ動画の生放送では将棋のタイトル戦の生放送に何十万という数の視聴者が観戦するらしい。将棋はアニメと並ぶニコニコ動画の貴重なコンテンツという位置づけだ」

「そういえば……」

と、かつてアイドルとして活躍していた林檎ちゃんが言う。

「テレビのバラエティーとかの収録で、たまに棋士の人とかに会ったことがあったわ。髪の毛が銀色の、中学生くらいの女の子で――」

「あっ！　あたし知っとるよ⁉《浪速（なにわ）の白雪姫（しらゆきひめ）》やら！」

「空銀子（そらぎんこ）女流二冠だな。十四歳、現役ＪＣ（げんえき女子中学生）で女流棋界（きかい）に君臨する化け物だ」

じゅ、十四歳⁉　ぼくらより年下じゃないか！

「十四歳でトップ獲るって、どんだけ天才なのさ……」

「タイトル奪取時は小学生だったぞ。その空女流二冠の弟弟子で、去年のクリスマスに将棋界の最高位タイトル『竜王』を獲得した九頭竜八一プロも俺たちより一つ下だ。才能に年齢は関係無いということだろう」

「ふーん。でも将棋のプロってそれ、どれくらい稼げるの？」

「竜王戦の賞金は四二〇〇万円だったな」

「えっ⁉　将棋でそんなにもらえるの⁉」

「あ、あたし今から将棋の勉強しよっかな？　かな……？」

さっきとは明らかに目の色を変えて将棋の本を読み始めた農に、継が肩をすくめながら説明する。

「今からでは遅いだろう。将棋のプロになる人間は、小学生のころからプロ棋士に弟子入りして修業を開始するケースが多い」

「そうよ。そんなに太ってたら無理に決まってるじゃない」

「デブは関係なーやら⁉　っていうかあたしデブやなーし‼　マシュマロ女子やしっ‼」

林檎ちゃんと農はギャーギャー喧嘩しながら対局を再開する。

これ、どっちが勝ってるんだろう？

将棋って、みんな子供の頃に親とかから教わるそうだけど……ぼくは農の家に預けられてて四姉妹と一緒に育てられたから、将棋のルールは教わらなかった。

二人でやるゲームより、もっとたくさんの人数でやれるゲームで遊んだからだ。トランプとか人生ゲームとか。

将棋だけやって生きていくなんて想像すらできない世界だなあ。

「昔は師匠の家に住み込んで修業することもあったそうだ。生半可な覚悟では無理だろうな」

「でも継。それだったらさっき言ってた九頭竜八一っていう人が、例えば小学生の女の子を弟子にして一緒に暮らすなんてことがありえちゃう世界なわけ？　将棋界って？」

「さすがにそんなライトノベルみたいなことはあり得ないんじゃないか？　世間的に許されないだろう」

「ほーやて。ほんなの完全に変態さんやら」

「ロリコンじゃない？」

「だよねー。さすがにそんなことしたら逮捕されちゃうよねー」

「コーたん、あんまトロくさーこと聞いとったらかんよ？」

「ごめんごめん（笑）」

「ところで過真鳥くん。この将棋の駒って、どうやって綺麗にしたらいいの？　水洗いとかじゃダメよね？」

「俺も詳しくはないが、椿油を使って磨くらしいぞ？　椿油を一～二滴ほど布につけて拭いてやるといいと、何かの本で読んだことがある」

「椿油かぁ」

「みのぽよ、寮に置いてある？」

「うちの寮に置いたる油なんて、灯油とサラダ油とごま油くらいしかあらすか。……ほんでもどっかで聞いたことがあるような気がするんやけど……どこやったっけ？」

「あっ！　思い出した！　林檎ちゃんが転校してきた日の朝のホームルームでベッキーが言ってたやつじゃない⁉」

「ほーやほーや！　最高級の椿油でフェイシャルマッサージしたらお肌がすべすべになったもんで全身にサラダ油ぶっかけて死にたなったとか言っとったやら！」

「わかった」

林檎ちゃんは駒を掌に集めて立ち上がると、

「じゃあベッキー先生の顔面に擦(こす)りつけて磨いてくる」


**「やめろおおおおおおおお‼」**

ryuoh no oshigoto!
りゅうおうのおしごと!
盤外編 1

第2巻

# 解明

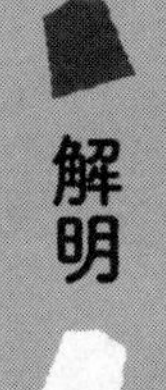

「あい。もう夜の十時だぞ？　いい加減寝ろよ？」

「んー……もうちょっとー」

少し前に内弟子に取った小学四年生の女の子は、布団を敷き終わった和室で子猫みたいに寝転がりながら、タブレットを操作していた。

つい一ヶ月前まで一人暮らししていたアパートの一室に、ＪＳがいる……。

ちょっとびっくりするような光景だ。

が！　俺は師匠の家で年下の女の子と同じ部屋で十年くらい暮らしていたからそこまで戸惑うことはない。

あ、もちろん寝室は別だからね？

「まーたネット将棋かぁ？　やるなとは言わないけど、ちゃんと自制しろって言ってるだろ？」

「もうちょっと……もうちょっとですからー」

「ったく、いい加減にしないと温厚な俺でもさすがに怒る――」

そう言って後ろからタブレットを覗き込むと……ええ⁉

「な、何だこの将棋は⁉　妙に素人臭いのに、ギリギリのところでバランスが取れてて……あ

あっ⁉　こ、こいつは……‼」

「お知り合いなんです？」

「知り合いっていうかおいこれマジで⁉　これって去年の世界コンピューター将棋選手権で優

勝した『ARISE』の最新バージョンじゃね⁉　え⁉　もうネットに放流できるレベルにま

で仕上がってんの⁉　うわー、アガるー‼」

「し、ししょーおもいっ！　のしかからないでくださいー‼」

「ね？　替わって？　ちょっと俺に指させてくんない？　ね？　いいだろ？　ね⁉」

「だめですよ！　ルール違反です！」

「ちょっとだけ！　ちょっとだけだから‼」

「だーめーでーすっ‼」

「あー！　師匠に逆らうのか⁉　破門しちゃうぞ⁉　いいからそのタブレットをこっちに――」

「だめーっ‼　………あっ」

タブレットを取り合いっこしていると、あいが何かに気付いて小さく叫ぶ。

「あー………時間、切れちゃったね。てへっ☆」

「もーー！　ししょーのばかー‼」

ポカポカと俺を叩いてくるＪＳ。全く痛くない。

うむ。これは完全に俺が悪かった。

「ま、まあでもほら！　あのまま戦ってても勝ち目なかったしさ？　投げ時？　みたいな？」

「むー……！」

「ご、ごめん。悪かったよ……でも調整中の最強将棋プログラムと戦えるなんて、めちゃくちゃラッキーだったから、ついついテンションあがっちゃって……」

「こんぴゅーたーつよすぎですー……」

「うーん……こうして棋譜を見ても、人類じゃ思いつかないような手順を繰り出してくるよねぇ。いやぁ、いいもん見たなー。棋士室で自慢しよっと♪」

「？　プロの先生も、こんぴゅーたーと将棋指したりするんですか？」

「そりゃそうだよ！　今やコンピューターを使って研究したり人間の代わりにトレーニングパートナーにするのってトッププロでも当たり前なんだぜ⁉」

「こんぴゅーたーと研究会したり、ぶいえすしたりするんです？」

「するする。トッププロと比べても遜色のない実力を備えてるし、何よりコンピューターはいつでも対局できるじゃん？　そこが大きいんだよね。トップになればなるほど予定を押さえるのが難しくなるから」

「なるほどー……」

「あと、人間には気付かないような手も読んでくれるから、自分が気になった局面をコンピューターに読ませてみるっていう研究方法はかなり一般的なんじゃないかな？」

「こんぴゅーたーに教えてもらうんですか？　じゃあずっとこんぴゅーたーと練習してたら、どんどん強くなるんですか⁉」

大きな瞳をキラキラさせながら、あいは聞いてくる。

気楽に将棋を指せる環境じゃなかったこの子は、強い相手と戦う機会に飢えていた。だからこそ俺の内弟子になったんだが――

「それがねぇ。そんな簡単なものでもないんだよ」

「どうしてです？」

「コンピューターに『答え』を教えてもらおうとすると、自分で考える努力をしなくなるだろ？」

「あっ……！」

「それにコンピューターは指し手が独特過ぎるんだ。人間より遥かに早い計算能力で読みまくるからそういう手を生み出せる。でも人間には、その土台になる計算能力がないだろ？　だからコンピューターと同じ戦い方をするのは難しい」

「えっと、たとえばですけど……あいが振り飛車党の人に『これで優勢だから』って言われて振り飛車の側を持たされても、ぜんぜん次の手が浮かばないみたいな感じですか？」

「そんな感じかな」

居飛車党の、しかも相掛かりしか指せないこの子なら、振った飛車を元の場所に振り直したりしかねない。

「ある局面をコンピューターに見せて、人間には思いつかない好手を教えてもらう事はできる。けれどそこから指し継いで勝てるかって言うと、人間とコンピューターでは能力の差から発生する感覚が違いすぎるから、そこまで参考にならないんだよ。まあそれでも貴重な研究相手であることに変わりはないんだけどね」

「はー……むつかしいですー(>_<)」

あいはコロンと布団に引っくり返った。かわいい。

そう。コンピューターと人間は違う。機械の持つ圧倒的な計算力に、人間は敵わない。

ただ……俺の目の前にいるこの幼女なら。

どんな難解な詰将棋も一瞬で解いてしまう人外の計算力を持つこの雛鶴あいなら、もしかしたら……。

自分が内弟子を取った理由を心の奥にそっと仕舞いながら、俺はこう言った。

「ま、要するに、簡単に強くなる魔法の薬は存在しないって事さ……っと、話してたらこんな時間か。もう遅いから寝なさい」

念のためにタブレットを取り上げると、俺は眠気覚ましの缶コーヒーを持って自室へ。

布団を被りながら、あいは不思議そうに尋ねてくる。

「師匠は寝ないんですか？」

「俺？　俺はこれから『floodgate』の監視任務しなきゃだから」

「ふらっどげーと？」

「ネット上にある、コンピューター将棋プログラムのための対局場だよ」

「こ、こんぴゅーたー同士で戦ってるんですかっ⁉」

「そう。そこでは疲れも怖れも知らない最新最強のコンピューター将棋プログラム同士が延々と対局を続け、人類ではとうてい指すことのできないような奇々怪々な将棋の棋譜を大量に生み出し続けているんだ……」

「こわい！　なんかこわいですしょー‼」

「あいが明日、目を覚ました時……既に将棋は計算し尽くされて、最終解が判明しているかもしれない……」

「きゃー‼」

「さ。早く寝なさい」

「そんなこといわれたら眠れないじゃないですかやだー(>_<)」

# 交渉

「どうしたの？　わざわざこんな場所に呼び出して」

「…………うん……」

関西将棋会館の一階に入っているレストラン『トゥエルブ』。

U字型になっているカウンターの隅に姉弟子と並んで腰掛けた俺は、これから始めるタフな交渉をどう進めるべきか、この段階に至ってもまだ悩んでいた。

いったいどう切り出し、どう話すのが正解なのか……。

いや。

初めから正解なんて無いのかもしれない……。

「ちょっと八一。注文どうするの？」

「えっ⁉　あ、あの……珍豚美人をAセットで……」

「じゃあ私はダイナマイトをCセットで」

無口なマスターは注文を聞くとすぐに厨房へと引っ込む。昼の早い時間なので他のお客さんもまだいない。

　話すなら、今だ。

「姉弟子！」

「っ⁉　な、なに？」

「……黙ってこれを着てくれ」

　そう言うと俺は、足下に置いていた紙袋を姉弟子に渡す。

　中に入ってるのは——供御飯(くぐい)さんから預かった衣装である。バニーガールの……。（※1巻『感想戦(かんそうせん)』参照）

「…………」

　紙袋から取り出したその衣装……バニースーツやウサ耳カチューシャやタイツ……を見た姉弟子は、意外にも怒らなかった。

　これは……チャンスありか⁉

「お願いします姉弟子！　一生のお願いっ‼」

「…………」

　しばしの沈黙。

　マスターが厨房で調理をする音だけが微(かす)かに聞こえる店内で、姉弟子は俺の本心を探るかのようにこう聞いてきた。

「…………好き、なの？　こういうのが……」

「ああ！　大好きだ‼」

「…………着て欲しいの？　わ、私に……」

「ああ！　着て欲しいんだ‼　姉弟子にっ‼」

着てもらわないと月夜見坂さんと供御飯さんに何をされるかわからないんだ。

「…………」

姉弟子は膝の上に置いた紙袋の中を覗き込むように俯くと……それを着た自分を想像したのであろう、耳の先まで真っ赤になる。

そして、蚊の鳴くような声で答えた。

「…………いい、けど……」

「ホント⁉　ホントにいいの⁉」

「…………うん」

「着るだけじゃないよ⁉　着ていろいろするんだよ⁉」

「い、いろいろ⁉　……でも、そうよね。こ、これを着て…………するんだよね……」

「そう。写真を撮ったりね」

「しゃ、写真も撮るの⁉」

「うん。ポラロイドで……あっ！　もちろんお金は払うよ？」

「べつにお金なんていらないけど」

タダでいいのか⁉　太っ腹だな……。

「ま、まあ……私も記念になるものが欲しいし…………で、でも動画は無理だからね⁉」

「それはもちろん。てか最近は動画撮影禁止だし」

「そう……なの？　八一、詳しいんだね……」

「常識でしょ」

最近の将棋イベントは動画配信サイトが撮影の権利を買い取る事が多いため、一般客の撮影はご遠慮いただいている。

「それで……そ、その…………どこで、するの？　八一の部屋？　それとも……」

「いや俺の部屋はないよ。どっかホテルとかじゃない？　やっぱり」

「ッ‼　そ、そうなんだ……そうよね。八一の部屋は小学生がいるもんね……」

「？」

俺の部屋に小学生がいることが今の話にどう関連するのかさっぱりわからないが、まあ突っ込まずにおこう。せっかく話がまとまりかけてるんだからな。

「そ、それで………いつ、するの？」

俯いた姉弟子は蚊の鳴くような小さな声で尋ねてきた。

「できれば心の準備をしたいっていうか、もうちょっと段階を踏みたいっていうか………もちろん、八一の気持ちは嬉しいんだけど……」

「ああ日時ですか？　いつだったかな……確か再来週の日曜だったと思いますよ」

「？　場所を予約してあるってこと？」

「？　そりゃ予約してあるでしょ。客も合わせれば四百人くらい集まるんですから」

「客？」

真っ赤だった姉弟子の顔から急速に熱が引いていくのがわかった。声が一気に冷たくなる。

「ちょっと八一。これ……何の話をしてるの？」

「女流棋士のファンクラブイベントの話ですよ？」

「頓死しろドクズッ‼」

姉弟子は俺をブン殴ると、メシも食わずに『トゥエルブ』を出て行った。

そして結局、イベントに姉弟子はいつも通りのセーラー服で登場し、いつも通りに喝采を浴びたのだった。殴られ損じゃねえか畜生。

# 名前

研修会が終わるのを待って、わたしはその女の子に話しかけた。

わたしの妹弟子になった女の子――夜叉神天衣ちゃんに！

「天衣ちゃん天衣ちゃん」

「……なに？　っていうか、気安く名前で呼ばないで欲しいんだけど――」

「そう！　それだよー!!」

「っ!?」

「わたしも名前が『あい』で、天衣ちゃんも『あい』でしょ？　こんらんすると思うの」

「まあ……確かに紛らわしいわね」

天衣ちゃんは腕組みをすると、ようやくこっちの話をちゃんと聞いてくれる。

わたしは前のめりになって提案した。

「だからお互いの呼び方を決めたほうがいいんじゃないかな？」

「呼び方を？」

「ほら、どっちかはアダ名で呼んでもらうようにするとか」

「はぁ？　私はアダ名なんてお断りなんだけど？」

「けどけど！　あいも、もうみんなから『あいちゃん』って呼ばれてるし……それに……」

「それに？」

先を促す天衣ちゃんに、わたしは覚悟を決めて本心を明かす。

「………ししょーからも『あい』って名前で呼んでもらいたいから……」

「……」

「ししょーに『あい』って呼んでもらうとね？　なんだか他の人に呼んでもらうのとぜんぜん違って、こう……胸が『ぎゅ〜っ!!』てなるの。それから、からだがぽかぽかしてきて……それでそれで……はにゃ〜♥」

「……私はべつに、あんなクズ棋士に名前を呼ばれるなんてまっぴらだけど……」

「そうなの？　だったら――」

「でも！　この『天衣』という名前は天国にいるお父さまとお母さまが私に残してくれた唯一の……将棋の他に残してくれた、たった一つのものなの！　だから絶対に譲るわけにはいかないわ！」

「わ、わたしだって自分の名前が好きだもん！　『あい』って呼んでほしいもんっ！」

「……よろしい。ならば戦争よ」

「やっぱり……そうなるよね？」

「ええ。どっちが『あい』か――――将棋で決着をつけましょう！」


〜対局中〜


「……………まけました……」

一時間後、そう言って頭を下げたのは……天衣ちゃんじゃなくて、わたしだった……。

激しい激しい戦いだった。

何なら研修会で指した将棋よりお互い本気だったよー……。

「ふっ。私に角換わりを挑むなんて無謀なんじゃないかしら？」

「ううう〜！　あと歩が一枚でもあれば持将棋で引き分けになったのにぃ〜！」

「将棋には勝ちか負けしかない……常に紙一重の戦いになるの。そしてその紙一重の差が永遠に埋まらない差として勝者と敗者を歴史に刻むのよ」

「一手違いは大差だもんね……まだまだ届かないなぁ」

「あら？　いやにものわかりがいいじゃない」

「言い訳したらもっとみじめになるし。それに天衣ちゃんが強いのは知ってるし」

「じゃあ私が『あい』ということでいいわね？」

「うぅ……はい。あなたが『あい』ちゃんです……」

「ふっ」

満足そうに長い髪を翻す天衣ちゃん。

前髪が汗でおでこに貼り付いていることだけが、わたしにとって唯一の救い……ちょっとは焦らせることができたかなぁ？

「それで、あなたのことは何て呼んだらいいのかしら？」

「っ！　そうだね、それなら――」

「あ、言っておくけど『姉弟子』とは呼ばないわよ？　私はあなたや空銀子とかの事を同門だなんて思ってないから」

「わたしだって『姉弟子』なんて呼ばれるのはイヤだよー！　そんなのぜんぜんかわいくないから!!　さいあくの呼び方だから!!」

「そ……そう？　そこまで言うほどのものでもないと思うけど……」

「姉弟子なんて呼ばれるくらいなら、しぬ」

「そ、そこまで……？」

わかってない！　天衣ちゃんは何にもわかってない！

師匠があの人のことを……おばさんのことを『姉弟子』って呼ぶときの、あのデレッとした感じ、さいあくだから！

「と・に・か・く！　姉弟子なんてヘンテコな呼び方じゃなくて、せっかくだからもっとかわいい呼び方にしてほしいの」

「たとえば？」

「う〜ん、たとえば……『らぶりん♥』とか？　ほら『あい』って英語で『ラブ』でしょ？」

「はぁ？」

いけない！

師匠のことを思い浮かべたせいで……みんなに呼んでもらうあだ名を考えるんじゃなくて、師匠にどう呼んで欲しいかしか考えられなくなっちゃったよぉ！

「それともストレートに『おまえ』とか？　外国の人みたいに『ハニー』とか？　あっ、語尾をちょっとかわいくして『あいにゃん』とかもいいよね⁉　きゃー！　きゃー‼」

「……」

「ふわわ〜♥　ししょーに『ハニー』なんて呼ばれたら、あたまがふっとーしちゃうよぉ♥」

「……ちょっと。待ちなさい」

「ふぇ？　どうしたの『あい』ちゃん？」

「いえ、その……やっぱりあなたも『あい』でいいわ」

「ええっ⁉　な、なんで？」

「か、勘違いするんじゃないわよ⁉　私はべつに、自分のことを『らぶりん♥』とか『ハニー』とかあまつさえ『あいにゃん』とか呼んで欲しいわけじゃないんだからね⁉　ただ……」

「ただ？」

「書類上の事とはいえ自分の師匠である人間が……同居してる女子小学生を『らぶりん♥』なんて呼んでたなんて事実が明るみに出たら大問題になるじゃない！」

「……やっぱりダメかなぁ？」

「当たり前よ！　クズだけならともかくロリコンとか変態なんて呼ばれたら、こっちが恥ずかしいわよ！　書類上だけとはいえ師匠なんだから！」

「そっかぁ……」

「（あ、あいつに『らぶりん♥』って呼ばれるって…………はうっ⁉）」

「どうしたの天衣ちゃん？　顔が真っ赤だよ？」

「な、なんでもないわよ！　ばかっ‼」

ちなみに研修会のみんなは天衣ちゃんのことを名前じゃなくてみんな『夜叉神さん』って呼んだから、混乱はまったく起こらなかった。

# 特別短編
# 女王戦五番勝負展望対談

ryuoh no oshigoto! bangaighen 1

《浪速の白雪姫》空銀子女王に《攻める大天使》月夜見坂燎女流玉将が挑むマイナビ女王戦がいよいよ開幕する。

　そこで二人とほぼ同世代である東西若手実力者のプロ棋士二人に、注目の五番勝負の展望を語ってもらった。

——本日はお忙しいところありがとうございます。

**九頭竜**「いえいえ。歩夢は勝ちまくってるから対局が多くて忙しいでしょうけど、俺は大して忙しくないですから。強いて言えば弟子の教育が大変なくらいで」

——司会は私、観戦記者の鵠が行います。さっそくですがまず、結果予想からおうかがいしてもよろしいでしょうか？

**神鍋**「空女王の三連勝を予想する。彼女の実力は女流棋士の及ぶところではない」
**九頭竜**「じゃあ俺は月夜見坂さんが奪取……ってのは、やっぱり考えづらいですね。まあ一回くらいは勝てるかもしれませんけど、結局は姉弟子の防衛でしょう」
──お二人とも防衛予想だと、始まる前からタイトル戦が終わってしまうんですが……。
**九頭竜**「相性が悪いんですよ。月夜見坂さんはスピード感のある、いってみればF１みたいな将棋を指す。対する姉弟子は戦車です。最新鋭のね。月夜見坂さんがスピード勝負を挑んでも無視して大砲でドーン。それで終わり」
**神鍋**「ドラゲキンに同意する。女流玉将に勝ち目はない」
**九頭竜**「おい歩夢。ドラゲキンって呼ぶなよ」
**神鍋**「なぜだ？　かっこいいではないか」
**九頭竜**「弟子の友達の小学生とかがマネするんだよ」
──あの、すみません。話を戻して……それでは両対局者についてうかがいます。まずは挑戦者の月夜見坂女流玉将について。
**神鍋**「最初に出会ったのは小学生名人戦だったな」
**九頭竜**「そうそう。俺が小３で歩夢とか月夜見坂さんが小５。で、優勝は俺。ちなみに史上最年少ね」
**神鍋**「ククク……翌年さっさと抜かれたではないか」

**九頭竜**「そうね。姉弟子にね。小2で優勝とか化けモンかと……」

**神鍋**「そういえば今日ここにいる三人とガブリエルが、あの年の小学生名人戦で準決勝まで残った四人ではないか？」

**九頭竜**「ガブリエルって月夜見坂さんのこと？　ああ、大天使だからか……そういやそうだな。俺たちがちゃんと知り合ったのって、その四人で渋谷のＮＨＫスタジオで準決勝と決勝の収録した時かもなぁ」

――準決勝では私（鵠記者）と月夜見坂女流玉将が、竜王と神鍋六段が対戦しました。

**九頭竜**「そうそう。俺と月夜見坂さんが勝って決勝で当たったんだ。懐かしー」

**神鍋**「当時からガブリエルは今と似たような将棋を指していたな」

**九頭竜**「だね。よく言えばスピード感のある将棋。悪く言えばちゃんと囲わない素人将棋（笑）」

**神鍋**「（女王戦のポスターを見ながら）将棋は変わらぬが、外見はかなり変わったな」

**九頭竜**「そうだっけ？　昔から派手な感じじゃなかった？」

**神鍋**「違うぞ。以前はこんな下品な格好はしていなかった」

――男の子みたいでしたよね。

**九頭竜**「ああ！　そうそう思い出した！　髪も短くてＴシャツに短パンで胸もペッタンコ……まあ胸は今でもアレっちゃアレだけど、確かに男みたいだった！」

**神鍋**「うむ。思い出したようだな」

**九頭竜**「っていうか俺、月夜見坂さんのこと完全に男と思ってたんだよ。決勝で俺に負けて泣き出したから『男が将棋に負けたくらいで泣くなよ』って言ったんだわ。いま思い出した」
**神鍋**「それは……さすがに引くぞ」
**九頭竜**「いや、だってほら……子供の頃って男も声が高いしさ？　よくわかんないじゃん？」
**神鍋**「いくら何でも盤を挟めばわかるだろう……」
**九頭竜**「しょ、将棋に集中してたんだって！　あと名前も男っぽいし！」
——月夜見坂女流玉将は、あの日を境に髪を伸ばし始めたそうですよ？
**九頭竜**「へ……へぇー……。そうなんですねー……」
**神鍋**「ほら見ろ。心に傷を負ってしまったではないか」
**九頭竜**「……将棋に負けておかしくなる人っているもんね……妙にネクタイが長くなったり、奇行に走るようになったり……」
——髪を伸ばして、スカートを履(は)いて、可愛(かわい)い服を選んで……それまでぜんぜん女の子っぽい格好をしたがらなかったそうですが、あの日からガラッと変わったんだそうです。
**九頭竜**「……俺のせいかな？」
**神鍋**「他に原因が？」
**九頭竜**「で、でも将棋は続けてるし！　大天使なんて異名がつくくらい人気女流棋士になったじゃん⁉　それっていい方向に変わったってことだと思うんだよね！」

――そうですね。

**九頭竜**「でしょ!?」

――九頭竜少年に負けた月夜見坂さんは女の子っぽい格好をするようになっただけではなく、頻繁に関西へ出稽古(でげいこ)に来るようにもなりました。

**九頭竜**「確かにあれくらいから関西でよく見かけるようになりましたよね。今でも週に二回くらいは来てるし」

――ですね。変わった自分を誰(だれ)かに見て欲しいかのように。

**神鍋**「ファッションに目覚めた者は、それを多くの者に見せたくなるものだからな」

**九頭竜**「あー、なるほどそれ鋭い考察だわー。さすが歩夢。マント着てるだけあるわ」

**神鍋**「フフフ（勝ち誇った笑み）」

――空女王のことも聞きたかったのですが、紙面が尽きたのでこの辺りで。どうもありがとうございました朴念仁ども。

ryuoh no oshigoto!
りゅうおうのおしごと！
盤外編1

第3巻

# 碁

「はぁ……」

突如として飛び込んできた衝撃的なニュースに大きな絶望を抱いて落ち込んでいると、あいが不思議そうに声を掛けてきた。

「師匠？　溜め息なんてついてどうしたんです？」

「碁がねぇ……」

「ご？」

大きく首を傾げるあい。碁と言われてもパッとはわからないくらい、まだ棋道に染まっていない。

「囲碁のことだよ。白と黒の石を使ってやる、将棋とは兄弟分っていわれてるゲームの。知ってるだろ？」

「その囲碁がどうしたんですか？　師匠は将棋のプロなのに」

「いやね？　囲碁ってゲームは人類がコンピューターに勝てる最後の砦みたいなところがあっ

たんだけど……遂にコンピューターに負けちゃって……」

「ええ⁉　けど師匠、囲碁はまだ十年以上大丈夫だとかって言ってませんでしたっけ？」

「言ってたんだけどねぇ……すごいソフトが出てきてねぇ……」

「そのソフトさんは誰(だれ)が作ったんですー？」

「グーグル……」

「ぐーぐるって、あの検索サイトの⁉　どうしてそんなところが囲碁を……？」

話の飛躍についていけないようで、あいは大きな目を白黒させている。囲碁だけに。

「囲碁そのものが目的というより、人工知能を作るのが目的なんだよ」

「じんこうちのう？」

「たとえば画像検索で『犬』と打ち込んだとする。これまでは画像に『犬』とタグ付けされたものを引っ張ってきてたけど、それだと『犬』って文字のつくあらゆるものを探して来ちゃうだろ？」

「たしかに上手に検索するのむずかしいです」

「でも人工知能が発達することによって、人間みたいに画像そのものから『犬』を判断できるようになれば、検索性が格段に向上する」

「ほ……ほう？」

「囲碁は将棋よりも、盤面全体を一幅の絵のように見て形勢を判断するゲームだからね。そういう部分で人工知能は活用できるんだ」

「よくわからないけど……なんだかすごそうです！」

「他にもグーグルは自動運転装置の開発なんかもやってるからね。囲碁を打てるくらいの知能があれば運転だってできるって思えるだろ？」

「た、たしかに……！」

「人工知能の可能性はそれだけじゃない。小説や絵を描くことだって十分に可能なんだ。現にもうコンピューターが書いた小説が文学賞の一次選考を通過するくらいの段階まで来てるんだよ？」

「えええ⁉　そんなことまでできちゃうんですかぁ⁉」

「今はまだまだ未熟な部分もあるみたいだけど、グーグルが囲碁で使った手法を用いれば一気に成長する可能性があるからね。そうなったら将棋や囲碁のプロだけじゃなくて、小説家やイラストレーターや漫画家だってコンピューターに取って代わられちゃうかも……」

「だから落ち込んでたんですかー……」

「俺（おれ）やあいの存在も、実はコンピューターが作り出した幻なのかもしれないね……」

「それ似たようなこと前にも言われましたけどほんとにこわいからやめてくださいー‼」

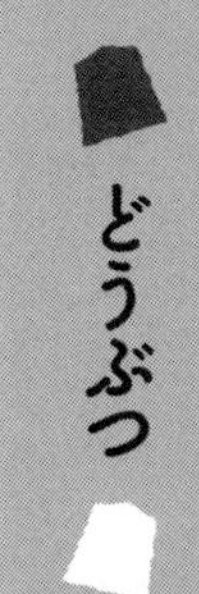

# どうぶつ

研究会を終えて家に帰って来た俺が和室を覗いてみると、小学生の内弟子がスマホを眺めて畳の上をゴロゴロしていた。

「はうう〜♥　いやされますー♥♥♥」

「ん？　あい、スマホで何を見てるんだ？」

「猫です！　子猫の動画です!!」

「ほほう……あー、これは確かにかわいいねぇ」

猫の動画なんかより実物のＪＳが畳でゴロゴロしてる姿を見るほうが癒やされるという真理は俺の胸の中にだけしまっておいて、取り敢えず話を合わせる。

あいは「でしょー!?　でしょー!?」とこっちに身体をすり寄せてきながら、

「同じクラスの子が、おうちで飼ってる子猫の動画を送ってくれたんです！」

「動画で見てるだけで癒されるなぁ。猫カフェとか行きたくなる……」

「わたしの実家は客商売なので動物は飼えなかったんです。だからお友達がペットを飼ってる

ryuoh no oshigoto! bangaighen 1

って聞くと、うらやましくて……」

「すごく大きな温泉旅館だったけど、一匹もいないの？」

「旅館の池に錦鯉とかはいました。あと調理場の水槽にもお魚や蟹はいるんですけど……」

「食べちゃうよね、それ……」

生け簀なんだよなぁ……。

悲しい現実から目を背けるように、あいは話を変える。

「棋士の先生って、動物を飼ってる人とかいらっしゃるんです？」

「うちみたいなアパートだと無理だけど、犬や猫を飼ってる棋士は多いんじゃないかな？　あとはハムスターとか。狭いスペースでも飼えるからね」

「はむはむー♥」

先輩のプロ棋士と研究会をやる場合はその人の家に呼んでもらうこともあるんだが、庭付きの一戸建てで犬を飼っている人はけっこういる。

俺自身はそこまで動物が好きってわけじゃないが……プロになってから、自宅に将棋以外のものを置く気持ちは理解できるようになった。

「勝負師としてピリピリした日常を送ってるからこそ、棋士はどこかに癒しを求めて動物を飼いたくなるのかもなぁ。ぬいぐるみが好きな棋士なんかもいるし」

「かわいくてモフモフしたものは癒されます！」

「以前アンケートを取ったら、棋士の好きな動物は一位が犬で二位が猫だったみたいだよ」

「やっぱり犬と猫が人気なんですね！」

「ちなみに三位はペンギンだった」

「ペンギン⁉　ど……どうして？」

「寄せられたコメントによると『寒さ厳しい中も立っているのがスゴい』『力を抜いた泳法と、何事にも動じない立ち姿が良い』って理由みたいだね。勝負師としての理想の姿をペンギンに見ているのかもしれないなぁ」

「棋士だからねぇ」

「はー……棋士の感性って不思議ですー(>_<)」

「師匠がペットを飼うとしたら、どんな動物がいいんですか？」

「やっぱり小さくてかわいい――」

「ふむふむ」

「金色の毛の――」

「ほほう……？」

「シャルちゃん」

「それ動物じゃないです師匠のバカ！　ロリコンっ‼」

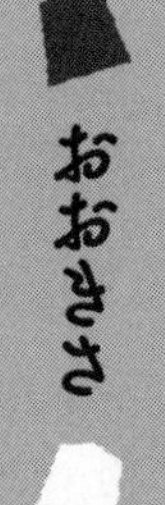

# おおきさ

「ふぅ……」

「どうしたあい？　胸を触りながら溜め息なんて……あっ！　もしかして胸焼けか？」

「ちがいます」

夕ご飯がカレーだったからそう言ってみたんだが、弟子にノータイムで否定されて俺は少し動揺した。あの黒い『金沢カレー』に何が入っているかは、あいのみぞ知る。

一つだけわかるのは……あんな幻覚を見ちゃうんだから絶対に何か身体に悪いものが入っているはず……。

だが、あいの悩みは俺の懸念とは全く種類の違うものだった。

小さな胸に手を当てたまま顔を赤らめて、小さな声で弟子は言う。

「その……わたしもいつか、桂香さんみたいになれるかなって……」

「あー……まあ大人になればね？　自然と……ね？」

「でも空先生みたいに胸だけ成長しない可能性もありますよね？」

「おまえまたナチュラルに姉弟子（あねでし）をディスって……」

俺の姉弟子である空銀子（ぎんこ）女流二冠は《浪速（なにわ）の白雪姫（しらゆきひめ）》の異名で知られる超人気棋士だが、厚みを好む棋風とは裏腹に胸は薄い。それは確かにそうだ。言ったら殺されるが……。

俺は咳払（せきばら）いをすると、思春期一歩手前の弟子に対して男性視点から一般論を口にしてみる。

「けどあれだぞ？　大きければいいってもんじゃないぞ？」

「……ししょーは大きいほうが好きなくせに……」

「（無視）たとえば将棋だってそうさ。大きい将棋は廃（すた）れちゃったからね」

「おおきい……しょうぎ？」

「そう。俺たちが指してるのは『本（ほん）将棋』と呼ばれる、四十枚の駒を使ったものだ。けど他にも九二枚の駒を使う『中（ちゅう）将棋』ってのもある」

「ええ⁉　そ、そんなに……？」

「こんなんで驚いてちゃダメだよ。一三〇枚使う『大（だい）将棋』や、一九二枚使う『大大（だいだい）将棋』に『摩訶大大（まかだいだい）将棋』、三五四枚使う『泰（たい）将棋』なんてのもあるんだぞ？」

「ひぇぇぇ～‼」

「さらにトドメは三六×三六マスの盤に駒を並べて戦う銀河系最大のチェスゲーム『大局（たいきょく）将棋』！　使う駒はなんと八〇四枚ィィィッ‼」

「いつまでたっても終わらなさそうですー(>_<)」

「駒の種類だって『盲虎』とか『奔王』とか『羅刹』とか、思わず『中二か‼』って突っ込んじゃいそうなものがいっぱいあるんだ！」

「なんだか面白そう！　どうして廃れちゃったんです？」

「まあ結局、大きすぎてゲーム性が損なわれちゃってる部分があるんだよ。駒の動きを覚えるのだって大変だし、そもそも駒を並べる段階でえらく時間がかかるし」

「なるほどー……」

「大きいものは確かにインパクトがあって目を引くけど、長く愛されるにはインパクトだけじゃダメなんだ。一番大事なのはバランスなんだよ」

「バランス……」

「だから焦らなくてもいいんだ。あいは今のままが一番かわいいんだから」

「ししょー……♥」

俺の説得が功を奏し、幼い弟子は自信を取り戻したようだった。

「あい、もう焦りません！　ちっちゃくてもいいです！」

「そうさ！　大切なのは大きさじゃないんだ！」

「はい！　師匠も大きな胸より小さな胸のほうが好きなんですよね⁉」

「いやそりゃ大きいほうでしょ（笑）」

「ししょーのだらっ！　えっち！　エロドラゴン‼」

# じゅぎょう

「はぁぁ……ゆーうつですー……」

「どうしたんだあい？　溜め息なんてついて」

「あっ、ししょー……」

　いつも元気いっぱいの内弟子が落ち込んでいるのを見て思わず声をかけてみたものの、返ってきた答えに思わず拍子抜けしてしまう。

「実は明日、小学校で苦手な授業があって……」

「苦手？　あいみたいに何でもできる子に苦手なものがあるのか？」

「体育です！　特に鉄棒が苦手ですー……」

「へぇ。意外だねぇ」

「そうですか？　将棋って文化系ですから、みんな運動は苦手そうなイメージがあるんですけど……綾乃ちゃんも体育が苦手って言ってたし……」

　あいの研究仲間で同学年の貞任綾乃ちゃんは、確かに眼鏡をしてて体育は苦手そうだ。偏見

かもしれないが。

　だけど偏見といえば、あいのさっきの言葉も偏見に過ぎない。

「上手い下手は別にして、棋士は割とスポーツ好きだよ？　連盟には野球部やサッカー部が正式に部活として存在してて、対外試合もちゃんとやるくらい真剣に活動してるから。昔はマラソン大会もあったし」

「そうなんですか⁉」

「ああ。将棋より真面目にやってるくらいだよ」

「……」

「早指しの将棋は反射神経も必要になるし、運動は大事だよ。うん」

「がんばりますー(>_<)」

「ところで、あいの得意な科目は何なんだ？」

「算数と社会です！」

「ほう」

「算数は家計簿をつけるのに役立つし、社会の勉強は世の中のことをいろいろ知れるから面白いです！」

「さすが温泉旅館の跡取り娘だねぇ……見事に家業に直結しとる……」

「棋士の先生は、みなさんどんな授業が好きなんですか？」

「プロ棋士にアンケートを取った結果、得意科目は①理科②算数③社会・図工⑤音楽って感じになったそうだよ」

「あいは算数と社会が好きだから、棋士に向いてます！」

「将棋は論理的なゲームだから理数系が好きな人が多いのかもしれないね。あとは多少、芸術的な感性も必要なのかな？　まぁそれは将棋のスタイルにもよるんだろうけど」

　一般的に、棋士は三つのタイプに分類される。

　勝負師タイプ、研究者タイプ、そして芸術家タイプだ。

　そして最近の若手は勝負師や芸術家は少なくて、研究者が多いといわれていた。これは将棋界というよりも世間一般の若者が大人しくて真面目なタイプが増えたからだろう。

「師匠は何の授業がお好きだったんですー？」

「給食」

「じゅぎょう……？」

「ちなみに姉弟子の苦手なものが何か、わかる？」

「おばさ……空先生の苦手なのですか？　うーん…………………音楽とかです？」

「団体行動」

「すごく苦手そう……っ!!」

ryuoh no oshigoto!
りゅうおうのおしごと!
盤外編1

九頭竜先生の将棋クリニック

第4巻

**雛鶴あい編**
アニメイト特典

**夜叉神天衣編**
メロンブックス特典

**水越澪＆貞任綾乃編**
ゲーマーズ特典

**シャルロット・イゾアール編**
とらのあな特典

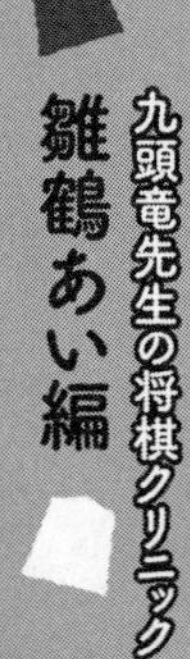

# 九頭竜先生の将棋クリニック 雛鶴あい編

ここは九頭竜八一（くずりゅうやいち）将棋クリニック。
自分ではどうしても改善できない将棋の悩みを、竜王である俺（おれ）が名医のようにスパッと解決するという企画である。
さて、今回の患者さんはどんな症状を訴えるのかな？

「じゃあお名前を教えてもらえるかな？」

「雛鶴（ひなつる）あい、小学四年生です！」

白衣を着た俺の前にちょこんと座っている小さな女の子は、片手を挙げて元気いっぱいに自己紹介をした。

それから不思議そうに首を傾げて、

「……けど、師匠？　どうしてそんなこと聞くんです？」

「え？　いやほら、今回は一応、医者と患者って設定だし？　それっぽい感じで始めてみようかと……」

「じゃあお医者さんごっこですね！」

ぱぁぁぁぁ！　と顔を輝かせて弟子はハシャギ始める。

「あい、師匠とお医者さんごっこするの楽しみです！　あ、服は脱いだ方がいいですか⁉」

「そのままそのまま！　そのままでお願いします‼」

俺は必死に止めた。止めないと社会的に死ぬ！

「それにお医者さんごっこというのは語弊があるけどね⁉　……まあいいや。今日はどんな（将棋に関する）お悩みが？」

「ええと……さいきん、すごく悩んでることがあって……」

「ふむ。うかがいましょう」

「もっと成長したいんです……！」

「え？　成長……ですか？」

「はい！　どんどんしたいです‼」

「そ、その向上心は素晴らしいですが……雛鶴さんの成長速度は今のままでも十分というか、早いくらいだと思いますよ？」

「そんなことないです！　もっと早い子もいっぱいいます!!」

「まあ、そういう子もいないとは言いませんが……」

女子に限らなければ、あいと同じ歳(とし)でもっと強い子は確かにいる。

ただ成長速度という面では、この子と同じくらい才能のある子は少ないだろう。このまま普通に伸びていけば、どこまで強くなるか見当も付かないほどだ。

「雛鶴さんはまだ九歳ですよね？　焦(あせ)る必要は全く無いと思うんですが……」

「あせりますっ！」

「うおっ!?　そ、そんなに……？」

「あたりまえですっ!!　はやく……はやくあいも成長しないと……！」

「ふむ……それはやっぱりライバルの存在が影響しているんですか？」

「ライバル……そうですね」

あいは視線を伏せると、ボソッと言う。

「…………けど一番油断できない人は、成長してもつるつるなので、そんなに……」

油断できない人？　成長しても、つるつる？

いったい誰(だれ)のことだろう……？

「むしろ今までぜんぜんマークしてなかった子が、いきなり強敵になったり……女の人はみんなライバルです。だから自分自身が成長しないと安心できなくて……」

「うーん、難しい問題ですね……確かにそういう不安を根本から解消するには、自分自身の成長しかありませんからね」

結局、他人と比べても意味がないのだ。

将棋は勝った負けたの世界ではあるが、自分自身が『強くなった』と実感できなければ不安からは逃れられない。それにはやはり、納得のいく将棋を指せるかどうかを指標にすべきなのだろう。

だからこの子が悩んでいること自体が正解なんだ。

そのことを伝えようと口を開きかけると――

「特に夏は、みんな服装が薄着になって強調されるようになるから……海に行ったときなんか、もう不安で不安で……」

「え？　……服？　水着？」

「はい」

「腕の話だよね？　将棋の」

「胸の話ですよ？　女子の」

「将棋クリニックだって言ってるでしょ⁉　どうして胸の話をするの⁉」

「師匠が女の子のおっぱいばっかり見てるからに決まってるじゃないですかバカーっ‼」

俺自身の隠された病が発見された……だと……⁉

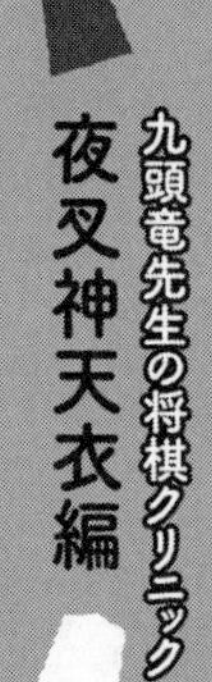

# 九頭竜先生の将棋クリニック
## 夜叉神天衣編

「……えーと。じゃあ名前を――」

「クズ」

「うっ……！　い、いきなり罵倒かよ……」

今回診察するのは、俺が最近家庭教師をしてから弟子に取った小学生の女の子。

ご覧の通り高飛車な神戸のお嬢様だ。

夜叉神天衣という名前のその女の子はスラリとした脚を組み、呆れ顔で言ってくる。

「白衣なんか着て何をするのかと思ったら……女子小学生相手にお医者さんゴッコ？　本気で通報されるわよ？」

「俺だって好きで着てるわけじゃないんだってば。こういう企画に乗っかるのも、プロとして大切なことなんだぞ？　……かつては将棋番組にナース姿の女流棋士と白衣を着た永世名人が登場したことがあってだな……」

月光会長と、現役時代の男鹿さんのことである。

ryuoh no oshigoto! bangaighen 1

将棋はどうしても衣装がスーツか和服になってしまってテレビ的には映えないことから、このようにコスプレして番組に出ることもけっこうある。

つまりこれも竜王として必要なお仕事なのだ！

「プライドを失ってるとしか思えないわね」

「ま、お前も女流棋士として普及の仕事を始めればすぐにわかるさ……くっくっく。その時が来たら大いに笑ってやるから今は大人しく診察されてください」

「仕方がないわね……聞くだけ聞いてあげるからさっさと診断しなさいよ」

「じゃあまず胸を――」

「触れたら殺す。見ても殺す」

「じょ、冗談だよ！」

ほんっっっと、このお嬢様は冗談も通じないんだからなぁ……とはいえ今のは俺も度が過ぎたかとは思うんだけど。

あいみたいに人なつっこい子に普段から接していると、天衣との距離感を掴むのが難しい。

「えー……こほん。それでは夜叉神天衣さんの将棋を診察しましょう」

「どうせ定跡頼みの面白味のない将棋とか、堅実すぎて子供らしくないとか言うんでしょ？」

「いや？　すごくいいと思うぞ？」

「え……？」

　ポカンとする天衣に、俺は詳しく説明する。

「最近の棋譜を全部並べてみたけど、まず感心するのは時間の使い方だね。定跡部分でも油断して飛ばさずにしっかり時間を使ってる。つまりただ定跡を暗記してるんじゃなくて、自分の中でしっかり考えながら指してるということですね」

「う……」

「それから、相手が予想外の手を指してきたときの対応。これもいいです。緩手と思ってもじっくりと時間を使い、そして一度決断したらブレずにテンポよく指していく。理想としてはわかっていても実戦でやるのはとても難しいです。よくできましたね！」

「うぅ……」

「以上のことから、夜叉神さんの将棋は非常に健康です。このまますくすく育っていけば、すぐに強くなれると思いますよ？　これからも一緒に頑張りましょう!!」

「うぅ……う……」

「う？」

「うるさいうるさいうるさーいっ！　ば、バッカじゃないの!?　こんな子供だましみたいなことされたって、う、うう、うれしくなんてじぇんじぇんにゃいんでしゅかりゃねっ!!」

「褒めたのに何でだよぉ!?」

　ほんっっっと、距離の取り方が難しい！　こっちが診断してほしいくらいだぜ……。

## 九頭竜先生の将棋クリニック
# 水越澪＆貞任綾乃編

ryuoh no oshigoto! bangaighen 1

「じゃあ二人とも。お名前を教えてもらえるかな？」

「貞任綾乃（さだとうあやの）です」

「水越澪（みずこしみお）です！」

この二人は俺の弟子の棋友であり、研修会で共に競うライバルでもある。

一人は眼鏡（めがね）のオドオドした感じがする女の子。

もう一人は、元気という概念が服を着たらこんな感じなんだろうなという女の子。

並んで俺の前で自己紹介をしてから、すぐに澪ちゃんが不満を口にしてくる。

「……って、くじゅるー先生？　どうして澪とあやのんだけ二人一緒なの？　これって抱き合わせじゃーん！　澪たちってそんなに人気無いのー⁉」

「いや、そんなことは……」

と俺が説明するより早く、今度は綾乃ちゃんがオドオドと言う。

「み、澪ちゃん……うちは別に、気にしてないです……」

「そんなのダメだよー！　今の時代はサブキャラが主役を喰うくらいじゃないと作品そのものも人気が出ないんだから！　ガツガツいかなきゃダメなんだよー！」

「何の話をしてるです⁉」

「よーし！　この機会を利用して人気を取ろう！　薄い本が出るくらいにっ‼」

「薄い本って何です⁉　何だかとっても邪悪なもののように感じるです‼」

「澪もよく知らないけど、人気が出ると薄い本が出るものなんだよ！　ですよね⁉　くずにゅー先生⁉」

「俺もよく知らないから聞かれても答えようがないんだけど⁉」

薄い本……将棋雑誌に付いてる付録みたいなものか？　詰将棋や必至問題がいっぱい載ってるような……。

「じゃあああやのん、とりあえず脱いで‼」

「脱ぐ⁉　ふ、服を脱ぐですか⁉　どうしてです⁉」

本当にそうだよ！　どうしてそうなるの⁉

「どうしてもこうしてもお色気シーンは脱ぐのが基本でしょ？」

「ぬ、脱いでどうするです⁉　裸になって何をするです⁉」

「それは脱いでから考えよう‼」

「脱いだら恥ずかしくて考えるどころじゃなくなるで……ああっ⁉　や、やめるですー‼」

どうしよう……。

将棋について診断するはずが、気付いたら小学生が裸になっている……それも二人も！

あまりにも勢いが良すぎて一言も口を挟む隙がなかった。本当だ。敢えて口を挟まなかったわけではない……本当だぞ？

「あははは！　よーしこれで戦う準備がととのったよ！　将棋でいえば囲いが完成したって感じかな？」

「囲えてないです！　むしろすっぽんぽんです‼」

「次は攻めるよ！　ほらほらあやのん、お客さんにアピールしてアピール！」

「いったい何をアピールするです⁉　そんなことより早く服を――」

「んー、どんなエピソードが人気出るのかな？　あやのんがスイカ食べたら絶対おねしょする話とか？」

「ぎゃあああああああああああああ‼　やめるですやめるですぅぅぅぅ‼」

「いいよあやのん！　今の絶叫よかったよ！　よーしそのままピースピース‼　ダブルピースで人気もダブルアップアップ‼」

「うう……ぐすっ……！　も、もう……お嫁に行けないですぅ……！　う、うちは……けがれてしまったです…………（弱々しくダブルピース）」

「ヨゴレでもキャラが立つのはおいしいって！　くじゅるー先生、何かアドバイスある？」

「えっ？」

このタイミングで俺が何か言うのか⁉

「ああ、うーん……そうだね。じゃあ綾乃ちゃんに一つ――」

「うう……は、はい……です……」

全裸にされたことに加えて眼鏡まで外して涙まみれの目をこすっている綾乃ちゃんは、あまりにも不憫だ。

ここは一つ、喜ぶ情報をあげよう。

「姉弟子も綾乃ちゃんの歳くらいまでおねしょしてたから、きっと強くなれるよ」

「びえええ――――んっ‼　そんな慰めいらないですぅぅぅ‼」

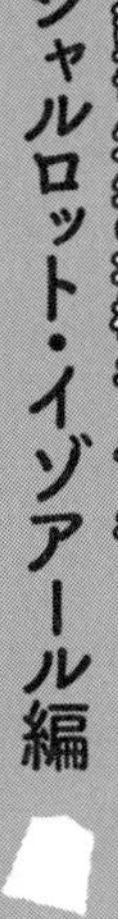

九頭竜先生の将棋クリニック
シャルロット・イゾアール編


「はーい。じゃあまず、お名前を教えてくれるかなー？」

診察室を訪れた金色の神……もとい、金色の髪の幼女に俺は声を掛けた。

椅子（いす）に腰掛けて両足をぷらんぷらんさせながらその子は答える。

「しゃうろっと・いずぁーうだよー？」

かわいいい。

「シャルちゃんですね。将棋クリニックへようこそ！」

「おー？　ちょーぎ……くぃにっくぅー？」

かわいいい。

「そうだよー？　シャルちゃんの将棋を先生が診察して、ここをこうしたほうがいいよーとかアドバイスするんだよー？」

「しゃうねー？　はやくねー？　しょたんになぃたいんだよー」

「初段かぁ。初段の壁はなかなか厚いからね」

ryuoh no oshigoto! bangaighen 1

「あちゅいの？　……どぇくらい？」

かわいすぎる。

「ん？　そうだね。一般的には、初段のレベルは『プロに二枚落ちで勝てる』くらいって言われてるね」

「にまいー？」

と、指を二本立てて蟹さんみたいにするシャルちゃん。んんんんがわイイイイイイイイイイイイイイイイイっっっ!!

このかわいさ、永世名人級！

初段以上の免状は名人と竜王の署名が入るから俺は月一で連盟に行って書いてるが、その時に一枚くらいくすねてきてシャルちゃんにあげたくなってしまう……。

が！　そこは心を鬼にして説明を続ける。

「そう。最近は段位を取得する方法もいろいろあるから一概には言えないけど、飛車と角の大駒二枚を落としたプロに勝てるようになれば立派な初段だよ」

「しゃう……まだ、ちちょによんまいおてぃ…………ぐすっ……」

「わわわわわ！　しゃ、シャルちゃん泣かないで！」

やっぱり一枚くすねてくるか!?

「四枚落ちでもすごいことなんだから！　シャルちゃんはまだ六歳だし、それでもじゅうぶん強いんだよ⁉」

「…………」

「それにシャルちゃんはまだ将棋を始めて一年もたってないでしょ？　先生の家に初めて来た時は六枚落ちで指してたし……それが今は四枚落ちまでレベルアップしたんだから、もっと自信を持っていいいんだよ？」

「……はやく、しょたんになぃたいよー？」

「もちろんなれるよ！」

シャルちゃんはフランス人。しかもまだ六歳。

初段までの道のりは簡単ではないが、俺は診断結果を伝える。最短ルートを。

「そのためには、定跡をきちんと憶えて使いこなせるようにしようね！」

「じょーしぇきー？」

「そう。定跡を憶えて指すのって最初はつまらなく感じるものだし、特に駒落ちの定跡は平手になってからは使えないからムダだって言う人もいるけど、それは違うんだ」

「ふぇぇ？」

「駒落ちは『相手の守りの薄いところを攻める』っていう将棋の基本を学べるからね。定跡を使いこなせるようになると端攻めが成功するようになって、しかも相手の玉を捕まえるために小さな駒と大きな駒の交換を挑む感覚も摑める。強くなるための近道なんだよ」

「しゃう、じょーしぇきおぼえりゅ!!」

「よーしその意気だ！」

一緒に決意を固めてから、ずっと気になっていたことを質問する。

「……ところで、どうしてそんなに初段になりたいの？」

「ちちょーの書いた『めんじょー』をもらうんだよー！」

「お、俺の書いた初段免状が欲しいから……!?　うちの嫁は世界一のかわいさ永世七冠やぁぁあぁぁぁぁぁぁぁぁぁぁぁぁぁぁっ!!」

第5巻

**雛鶴あいの場合**
アニメイト特典

**姉弟子の場合**
ゲーマーズ特典

**夜叉神天衣の場合**
メロンブックス特典

**JS研の場合**
とらのあな特典

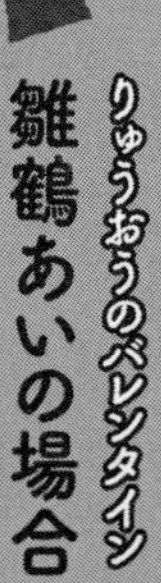

# りゅうおうのバレンタイン 雛鶴あいの場合

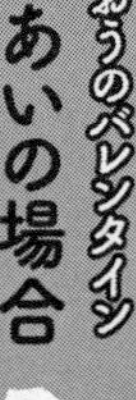

それは二月中旬の、ある夜のことだった。

「師匠。ちょっとお時間いただいてもいいですか？」

「ん？　どうしたんだ、あい？」

夕食を終えてどちらかが風呂に入るまでの空き時間。

内弟子の雛鶴あいは、もじもじしながら俺に声を掛けてきた。

「あの……学校の宿題で、おうちの人に聞いてくることがあって……」

「宿題ね。勉強以外なら何でも聞いてくれていいよ（笑）」

将棋しかやってこなかった俺は中学生棋士という記録と引き換えに、勉強は全くと言っていいほどしてこなかった。うちの師匠も古いタイプの棋士なので『勉強する暇があったら一局でも多く将棋を指せ！』って感じだったから、そりゃ勉強しないよね？

けれどあいは、もじもじしたままこう言った。

「そういうのじゃなくて……アンケートみたいなのなんですけど……」

ハナから俺に勉強のことを聞く気は無いって感じだ。正しい判断である。

けど……じゃあ何だろう？

「ふーん？　まあいいよ。どうぞ」

「ではうかがいます」

それまでもじもじしていたあいは、急に新聞記者のようなしっかりとした口調になって分厚いメモを取り出すと、グイグイ質問してくる。

回答拒否は許さないという強い意思を感じる……！

「最初にバレンタインチョコをもらったのはいつですか？　あ、ご家族以外でおしえてください」

「うーん……母親以外だと、確か桂香（けいか）さんかなぁ？　入門したのが六歳の十月だから、その四ケ月後にもらったことになるね。桂香さんは毎年くれるよ」

「桂香さんですか。なるほど…………これは想定内……」

「ん？　想定内？」

「……空（そら）先生からは？」

「姉弟子（あねでし）ぃ？　あの人はおまえ、バレンタインは常に俺に変なものを食わせて虐（いじ）める日だと思ってるから」

「へんなもの？」

こてんと首を傾げる弟子に対して、俺は指を折りながら姉弟子が俺に加えた悪行の数々を数え上げる。

「幼稚園の時は泥を食わされたし、小学校と中学校じゃあ炭を食わされたよ」

「え……？　な、なんでそんなことされたんです……？」

「知らねえよ盤外戦術とかなんじゃないの？」

「だ、だいじょうぶだったんですか⁉」

「不思議なことに腹は壊さなかったけどね。心は壊されたよね……」

あれは一体何だったのか……。

桂香さんが美味しくて綺麗なチョコをくれればくれるほど、姉弟子は消し炭のようなものを俺に食わせた。食うだけではない。食べて、そして『桂香さんのより美味しかったです』と言わなければならないのだ。

弟子を服従させるためのテクニックか何かだったのだろうか。今もって謎だ。

「……他には？　誰かからチョコをもらったりしないんです？」

「んー……そうだなぁ。棋士室でよく顔を合わせる供御飯さんと月夜見坂さんはくれるけど、あれは完全に義理だし。『ほれよ。ホワイトデーに三倍返しな？』『現金も可どす♥』って感じで無理やり押しつけてくるからもはや虐めだよね」

こうして数え上げてみると、俺ってバレンタインで虐められてばっかだな。悲しくなってくるわ……。

落ち込む師匠と比例するかのように、あいの表情は深刻度を増している。

「なるほど………供御飯先生、月夜見坂先生……やっぱりあの二人は要注意………」

「ん？　何をメモしてるんだい？」

「なんでもないです。アンケートの結果です」

「けどそのメモ、表紙に『絶対に許さないリスト』って書いて――」

「では最後の質問をします」

表紙を隠しながら俺の言葉をあからさまに遮ると、あいは顔を赤くして、質問してくる。

「今年のバレンタインでは、どんなチョコがほしいですか？」

「チョコがもらえるなら何でも嬉しいけど……やっぱり手作りで、かわいい女の子からもらえると嬉しいかな」

「か、かわいい女の子⁉　そ、それって……もしかして……」（ドキドキ）

「シャルちゃんとかね！」

「………九頭竜八一、っと……」

「師匠の名前を絶対に許さないリストにッ⁉」

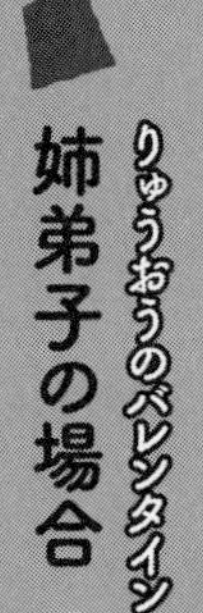

それは、久しぶりに清滝師匠の家に泊まった日のことだった。

「桂香さん？　何を見てるの？」

先にお風呂を使った私が上がって和室に戻ると、桂香さんが分厚い本？　みたいなものを広げていた。しかもスマホを持って、写真を撮りながら。

視線をそっちに落としたまま桂香さんがのんびりと答えてくる。

「アルバムよー。銀子ちゃんと八一くんが小さい頃の」

「またそんなもの引っ張り出して……面白いの？　そんなの見て」

「ええ。とーっても面白いわよー？」

桂香さんは内弟子時代の私たちの写真をいっぱい撮って、残している。

それは半ば義務のようなものだった。

師匠から『この二人の写真を残すように』と命じられたから……。

プロになったりタイトルを獲ったりするような才能のある子供は、大成した時に新聞や将棋雑誌に掲載するため子供時代の写真が必要になる。

だからこの家には、私と八一の写真が収まったアルバムが山のように存在した。

逆に、師匠と桂香さんの写真はほとんど無い。

私にとっては申し訳なさを感じてしまうこのアルバムを、けれど桂香さんは楽しそうによく眺めていて、気に入った写真はスマホに取り込んだりしていた。

「たとえばこの写真なんかどう？　去年、うちで銀子ちゃんがバレンタインチョコを手作りしようとして見事に失敗した写真なんだけど――」

「ッ⁉　ちょ、ちょっと‼　どうしてそんな写真があるのよ⁉」

「そりゃあ撮るでしょうよ。姉として、妹の成長を記録する義務があるし。それに私がチョコの作り方を教えてあげてたんだし、撮る権利はあると思うけど？」

「…………桂香さんが私の妹弟子（いもうとでし）のくせに……」

「（無視）この写真も懐かしいわねぇ。幼稚園の時、泥で作ったハート型のチョコ（？）を無理やり食べさせて……八一くん泣いてたわよね……」

「……憶えてないわ」

「そして小学校入学。少しはマシになったかと思ったら……今度は『やいちのすきなものとチョコをまぜたら、さいきょうのチョコができるわ』とか頭の悪い発想でガムとかグミをチョコに混ぜて鍋で煮て……」

「……そんなことしたかしら？」

「しました。そして私は焦げ付いた鍋を洗いました。ぜんぜん焦げが落ちませんでした」

「…………」

実は、よく憶えている。

あのバカは桂香さんからバレンタインのチョコをもらって大喜びで私に自慢してきた。きっと福井には チョコレートなんて無かったんだろう。そのくらい喜んでいた。

そんなバカの姿を見て、私は…………無性に腹が立ったのだ。

理由はよくわからない。

とにかく怒りがわいてきた。それだけはわかった。

それで、まあ…………そういうことをしたのよ。

「中学生になって、家庭科の授業でチョコクッキーを作ってあげたわよね？　……作る過程で消し炭になったから、八一くんにとっては炭を食べるのと同じだったけど……」

「あれは……別に最初から八一に食べさせてあげようと思ったわけじゃないわ。捨てるのも勿体ないから、あげただけで……」

「捨ててね？　食べられないものができちゃったら人に食べさせずに捨ててね？」

「…………ちょっとは食べられる部分もあったもん……」

去年のことだ。さすがにその時の写真は残っていない。

学校で作ったチョコを、私は放課後に研究会をするために寄った棋士室で、あのバカに「一欠片も残さず食べろ」と渡した。

最初は渡すつもりはなかったけど……万智さんとか月夜見坂とかが、明らかにド本命ってわかるサイズのチョコを渡してたから。

だから思ったの。私の作った失敗チョコを食べていつもみたいにお腹を壊したら、他のチョコを食べられなくなるんじゃないかって。

「そんなこと続けてきたから……八一くん、バレンタインは銀子ちゃんから嫌がらせされる日だって思い込んでるのよ？　そう思うのも無理ないけど」

「………………」

「もういい加減、手作りにこだわるのやめたら？　どうせ八一くんなんて、手作りと既製品の味の違いもわからないんだし」

「…………そう、かもしれない…………けど……」

「けど？」

「…………作ってあげたいって……思っちゃうから…………」

「（パシャパシャー！）はい今年の一枚いただきましたー」

「だからやめてって言ってるでしょ⁉　け、桂香さんのバカッ‼」

もうそのアルバム燃やすからね⁉

りゅうおうのバレンタイン

# 夜叉神天衣の場合

それはまだ二月に入るかなり前、年が明けて早々のことだった。

「お嬢様。今年もバレンタイン用チョコのカタログが送られて参りました」

「そう……早かったわね」

ボディーガードの池田晶(いけだあきら)が差し出した阪急百貨店のカタログを受け取ると、私はそれをパラパラとめくる。

関西のバレンタイン商戦において、最大の盛り上がりを見せるのは、やはり阪急うめだ百貨店のバレンタイン特設会場。

九階のイベントフロアを全て使って行われるそれは、まさにチョコレートの楽園だ。

お菓子のレベルでは世界一を誇る神戸(こうべ)市民として悔しい部分はあるけれど、世界中の名店が集まる大阪(おおさか)のイベントにはやはり敵(かな)わない。

先にカタログに目を通したのだろう。晶は付箋の付いたそれを指で示しながら、

「どのメーカーも力が入っております」

「そう……」

「組員……じゃなかった。社員一同、今年もお嬢様よりチョコレートをいただけることを大変楽しみにしております」

「そう……」

「それからもちろん組ちょ……大旦那様も、目の中に入れても痛くないほど可愛いお嬢様からどんなチョコがもらえるのか楽しみにしておられるご様子です。今朝も、さりげなく私に探りを入れて来られました。どうやらバレンタインが待ちきれぬようでして」

「そう……」

「にしても、この時期は毎年忙しいですな！　何せこの屋敷には男ばかりですから、お嬢様と私がチョコを配ってやらねば。どいつもこいつも他にチョコをもらえる当てなどない無骨な連中ばかりですから」

「そう……」

「して、いかがなされますか？　発注数は昨年と同じでよろしいでしょうか？」

「そう……ね」

「では、大旦那様用に豪華な家族チョコを一つと、屋敷の男どもに配る用の義理チョコを三百個ほど。それから企業舎弟の男性社員たちにも――」

「そう…………あ、いえ。ちょっと待って」

「は？　申し訳ございません。何か手抜かりがございましたか？」

「その……………………も、もう……一つ…………」

「お嬢様？　申し訳ございませんが、聞き取れませんでしたので、大きな声でおっしゃっていただけますか？」

「だから、その…………ひ、一つ……追加で…………」

「追加？　ああなるほど！　義理チョコを予備でもう一つ追加ということですね!?」

「そ、そうよ……」

「さすがお嬢様。では粗末な板チョコを一つ発注しておきます」

「そうね……」

「とはいえまあバレンタインですし、このハート型のやつにしておきますか」

「そうね……」

「ついでに予備であることがわかるよう表面に『勘違いしないでよ！　これは義理で、おまけに予備なんですからね!!』と書いて、九頭竜先生に届くよう手配いたします」

「そ……………うぇッ!?　ちょ、ちょっと晶！　あなたわかってて今まで…………って、違う違う違う!!　ぜんぜん違うんだからっ!!　あ、あんなクズにチョコなんてあげないんだからーっ!!」

# りゅうおうのバレンタイン
# ＪＳ研の場合

「第一回、今年のバレンタインチョコだれにあげようか会議ぃ～っ‼」

「い、いえ～ぃ……です」

「しゃう、ばえんたいん、ちゅっごくたぉしみなんだよー！」

ここは関西将棋会館の二階にある将棋道場。

日曜日にみんなで将棋を指すために集まった澪（みお）たちは、部屋のうしろのほうにある大盤の前に集まって、会議を開いていた。

「はいそんなわけでこの会議はですね、ＪＳ研の中で今年のバレンタインで本命チョコをあげるかがまだ決まってない澪、あやのん、シャルちゃんの三人が、誰（だれ）にあげるかを話し合う超重要な会議になります！」

「どうしてあいちゃんはいないのです？」

「だってあいちゃん絶対くじゅるー先生が本命でしょ？　呼んだってノロケ聞かされるだけだしさー」

「のりょけー？」

「そうノロケ」

シャルちゃんに聞かれて澪は日本語の意味を答え……ようとして、詰まる。

「ねえあやのん。ノロケって、どういう意味だっけ？」

「惚気(のろけ)というのは、自分の恋人の話を得意になって周囲に語ることなのです」

「そうそう！　まあよーするに、澪たちみたいに本命のいない人間にとっては、聞いててそんなに楽しい話じゃないんだよー」

「なんでー？　しゃう、ちちょのおはなてぃきくのちゅきだよー？」

「シャルちゃんはまだまだお子ちゃまだからねー。バレンタインにチョコをあげる相手のいない独り身のつらさはわかんないんだろうけどねー……」

「ふぇ？　しゃう、ちちょのおよめたんだから、ちちょにちょこあげうよー？」

「シャルちゃんが九頭竜(くずりゅう)先生にあげるなら、うちも九頭竜先生に……」

「ああー!!　どさくさに紛れて本命を渡す気だなー!?」

澪が指摘すると、あやのんは露骨に慌てて否定する。

「ち、違うのです！　そんなんじゃなくて……というか、シャルちゃんは一人ではちゃんとしたチョコを買ったり作ったりできないです。だからうちと共同で渡すです」

「だったら澪も一緒に作りたい！　今年は三人で共同の手作りチョコをくずりゅー先生にあげ

るってことでいいんじゃない？」

「それはいいですけど……九頭竜先生は、けっこうたくさんチョコをもらいそうなのです。うちらがあげても、迷惑じゃないです？」

「あいちゃんはあげるでしょ？　で、空先生と桂香さんもあげそうじゃない？」

「万智姉様も毎年あげてると言っていたです」

「供御飯先生もか……あと天ちゃんも何だかんだ言ってあげそうだよね。そうなると五つ……」

「ちちょ、いちゅちゅもチョコたべうの？」

シャルちゃんは心配そうだ。この子、チョコを三つ以上食べると鼻血が止まらなくなっちゃうからなー。

あやのんも心配そうに言う。

「チョコの大きさにもよるですけど……一人では大変そうです……」

「だよねー……しかもこの激烈な競争に澪たちが軽い気持ちで割って入っても、あいちゃんとかガチギレしてきそうだし……」

くずにゅー先生にチョコを渡すべきか、それとも渡さないべきか。

難しい二択だった。

将棋でも、この二択ってのが難しい。よく間違えちゃう。しかも実はこの二択以外の手が最善手って場合も意外と多くて——

「ねーねー」

「ん?」

「しゃうね?　ほんとはね?　ちょこ、あげるよりたべたいんだよー?」

その一言が澪の背中を押してくれた。

三つ目の選択肢を選んで……起死回生の勝負手を放つ!

「よし!　じゃあ今年は誰かにチョコをあげるのはやめて、みんなでチョコケーキでも作って
あいちゃんたちと一緒に食べよ!　本命ができたときのために練習だーっ!」

「「さんせーい!」」

その後、あいちゃんが『絶対に許さないリスト』っていうデスノートみたいなメモを作って
いたことを知った澪は、そこに並んでいた名前を見て、心の底からこう思ったんだ。

くずるー先生にチョコあげなくてよかった!　って……。

私の将棋めし

第6巻

**雛鶴あい編**
アニメイト特典

**空銀子編**
メロンブックス特典

**夜叉神天衣編**
ゲーマーズ特典

**JS研編**
とらのあな特典

## 私の将棋めし
# 雛鶴あい編

「あい。ちょっといいかな？」

ある日のこと。

俺は自宅の和室で詰将棋を解いている内弟子に話しかけた。

プロの俺でも解くのが難しいような長編詰将棋を解き終えてすっきりした顔をした女子小学生は、こっちを向いて首を傾げる。

「なんです師匠？」

「あいが将棋を指し始めて一年くらいになるけど、その期間で印象に残った『将棋めし』は何かな？」

「しょうぎ……めし？」

「定義があるわけじゃないんだけどね」

俺は苦笑しつつ説明する。

「最近は『飯もの』って呼ばれる漫画やドラマが流行してる影響で、いろんな業界の食事が注

目を集めてるんだよ。で、タイトル戦を主催してくれてる新聞社の記者さんが将棋界の食べ物について記事を書きたいらしくてさ」

「対局のお昼に食べるご飯のことですか？　研修会の例会日で出るお弁当とか？」

「そうそう。プロや女流棋士や奨励会員の食べるものは俺もだいたい予想がつくけど、研修会は入ったことがないからさ」

俺も六歳で福井の山奥から大阪に出て来て修業時代を過ごしたけど、あいとは違って奨励会に入ったから微妙にルートが違うのだ。

あとはやっぱり男の子と女の子じゃ味覚も違うと思うし。

「大阪に来て、将棋を学んでいく中で、特に印象に残る料理があったら教えて欲しいな……と」

「うーん……そうですねぇ。大阪に来てからは本当に色々ありましたから、印象に残ってる料理はいっぱいあります！」

「あいちゃんは料理が得意だからね！　自分で作った料理とかでもいいよ？　ちなみに俺が印象に残ってる料理は間違いなくカレーだけど……」

「ふふふ」（意味深な笑顔を浮かべる）

カレーは基本的にどこで頼んでも大ハズレすることがないから、タイトル戦の食事は必ずカレーって決めてる棋士もいるくらいだ。

とはいえ、あいが作る『金沢カレー』が実際にタイトル戦の昼飯に出てきたら、対局者が気を失って大変なことになっちゃうだろうけど……。

あの強烈な味を思い出して戦慄(せんりつ)する俺の胸の内には気づかずに、あいは「うみゅ～」と頭を悩ませている。超難解詰将棋を解くより難しそうだ。

「大阪に来てからは食べる物がどれも美味(おい)しいし特徴があって、なかなか選べないですー……『他人丼』なんて初めて見ましたし、『とん平焼き』も美味しかったですし、自分の家でみんなと一緒にたこ焼きを作るのも初めてでしたし……」

「敢(あ)えて一つ選ぶとすれば？」

「う～ん……これです！」

あいはスマホを取り出してアルバムの中から写真を選ぶと、俺に向かって料理が映ったディスプレイを見せてくれる。

その食べ物は――

「関西将棋会館の一階に入ってるレストラン『トゥエルブ』さんのバターライス（サラダ・カップスープ付きセットで九〇〇円）です！」

「バターライス？　あのピラフみたいなやつ？」

「はい！　トゥエルブさんのバターライスはニンジンさんやピーマンさんが細かく刻んであるので、お野菜が苦手な子でも食べられると思います！」

「ほほう」

あまりにもシンプルな料理のため俺は頼んだことがなかったが、こうやって聞くと食べたくなってきた。

「あと、ぷりぷりの大きなエビさんがい〜っぱい入ってるから、とってもぜーたくです！　たんなるバターで炒めただけのご飯じゃないです！」

「へぇ〜。バターライスっていうと喫茶店とかで食べるお手軽料理って印象があるけど、ちゃんとしたレストランのバターライスは文字通り一味違うってことかな？」

「チャーハンやピラフとはちょっと違いますし、関西将棋会館に来たら記念にぜひ食べてみていただきたい一品ですっ！」

「なるほどね。あいの中では連盟＝バターライスっていう感じで印象に残ってるのかもね」

「そ、それと……師匠があいのお父さんとお母さんに、初めて会ってくれたときに食べた物だから……」

「ん？　ちょっと聞こえなかったけど、いま何て言ったの？」

「ないしょです！　えへへ♥」

赤い顔でかわいく舌を出す、あい。

どうやらまだ俺の知らない隠し味が入っているみたいだった。

# 私の将棋めし
# 空銀子編

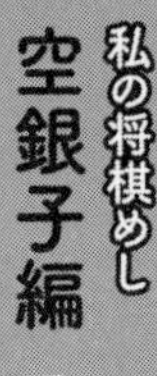

「姉弟子（あねでし）。対局中に食べた物で印象に残ってるのを教えてください」

「はぁ？　そんなの聞いてどうするの？」

関西将棋会館の三階にある棋士室。

細長いその部屋で盤を挟んで研究会をしている最中に、俺は姉弟子である空銀子（そらぎんこ）女流二冠へその質問をした。

だが、つまらなそうな顔をする姉弟子は答えてくれそうにない。俺は姉弟子に詳しいからわかるんだ。

ここはもう一押し必要だろう。

「最近は将棋のネット中継が充実してきてるんですけど、そういう中継番組で一番盛り上がるのが、対局者が何を食ったかなんですよ」

「世も末ね……そんなの知って何が楽しいのかしら？」

「まあまあ」

塩っぽい反応は予想通り。

なので説明もちゃんと考えてある。

「プロが指す将棋の内容は難し過ぎて初心者には敷居が高いけど、棋士が何を食べるかは将棋の知識がなくても楽しめるでしょ？」

「それって別に将棋番組を見なくてもよくない？」

「からあげ定食にからあげを増量したり、力うどんに餅を増量したり、棋士は特徴的な注文をしますからね。その辺りが面白いのかも？」

しかも受けを狙ってそうしてるわけじゃなく、純粋に、将棋に勝つためにそれをしてるというのがまた面白いんだろう。

人気絶頂の《浪速の白雪姫》を食べ物から分析するという試みは注目を集めるに違いない。

「てなわけで、姉弟子も食べ物にまつわる何か面白いエピソードをオナシャス！」

「……対局中に食べると胃もたれするから、私は食べません。以上」

「トゥエルブだと『ダイナマイト』（九五〇円）とかいうメチャメチャ重そうなのを頼んでるじゃないですか。しかもCセット（ごはん&カップスープがつく。単品にプラス四百円）で」

「あれは対局とか研究会が終わってから頼むもん。将棋を指した後はお腹が減るし……対局中はそんなに食べないもん」

「『もん』とか可愛く言っても逃がしませんからね？」

「むぅ」

個人的には、いっぱい食べる女の子はかわいいと思うんだけど……姉弟子は小食と見られたいらしい。

「そうだ！　姉弟子は女流タイトル戦にたくさん出てるじゃないですか。いろんな地方の旅館やホテルで美味(おい)しいものを食べてるんでしょ？　そういうので印象に残った料理はないんですか？」

「そんなこと言われても……将棋に集中するから、どんな料理が出たかなんてほとんど憶えてないのよね」

「確かに女流棋戦は持ち時間が短くて、お昼ご飯のタイミングはちょうど勝負所だったりしますからね……」

「食べ物の味なんてわからないわよ。用意してくれた人に悪いとは思うけど」

「でも女流棋戦だと対局前日に『スイーツの検分』なんかもあるんでしょ？　おやつに出すケーキの種類を選べる！　アガるー！　みたいな。そういうので何か思い出あるでしょ？」

「ケーキは嫌いじゃないけど、和服にこぼれると困るからタイトル戦だと悪手(あくしゅ)じゃない？　だから私はケーキを頼まないのよね」

「本当に女子なの？」

「ぶちころすぞ？」

「けど何も食べないってことはないでしょ？」

「敢えて頼むとすれば『フルーツの盛り合わせ』ね」

「ほう」

略して『フル盛り』。

タイトル戦では一般的なおやつに分類されるだろう。当たり障りがないため、好んで注文する棋士もいるが……まさか姉弟子がそうだったとは。

して？　その心は？

「その土地の特産品がメインになったり、季節によっても旬が違うから、何が出てくるかドキドキする楽しみがあるわ。一つのお皿にたくさんの果物が盛られてて見た目も華やかだし」

「なるほど！　俺も次のタイトル戦で頼んでみようかな？」

「八一が頼むのは『ＪＳの盛り合わせ』でしょ」

「そうそう！　元気な澪ちゃんや大人しい綾乃ちゃん、それに激キャワなシャルちゃんと二人の弟子が一つのお皿に……って違うわ!!」

その後、なぜか梅田の高級フルーツ店で五千円もする超高級フルーツパフェを奢らされた。

食後に姉弟子から感想を求められてヤケクソ気味に「ＪＳみたいに瑞々しかったです！」と言ったら、ぶん殴られた。

## 私の将棋めし
# 夜叉神天衣編

「天衣。ちょっと教えて欲しいんだけど」

ある日のこと。

関西将棋会館で偶然にも顔を合わせた弟子に、俺は声を掛けた。

「気合いを入れる時に食べるものとかってあるか？」

「ハァ？　何をわけのわからないことを言ってるの？」

「いや……今な？　みんなから将棋を指す時に食べるご飯を聞いて回ってるんだよ。ほら、最近は食べ物を題材にした漫画とかドラマが流行ってるからさ。うちもそれに乗ってみようかと思って……」

「乗っかるって？　何かするの？」

「よく対局中に出前を取るお店とコラボ商品を開発するとか、タイトル戦で会場になるホテルで『対局者と同じ食事ができます！』って売り出すとか」

「相変わらず節操がないわね」

「で、何かないか？」

「そもそも女流棋戦や研修会は持ち時間が短いから、対局の途中で食事をしたりしないのよ。プロ棋戦とは違うの」

姉弟子も似たようなことを言ってたな。

しかしここで引き下がるわけにはいかない。

「じゃあお菓子を食べるくらいか？　神戸は美味しいお菓子がいっぱいあるし、天衣にもお気に入りの食べ物があるだろ？」

「確かに『風月堂』とか『ケーニヒスクローネ』とか、神戸は洋菓子の美味しいお店が多いけど……」

「お土産には困らないよな」

「ケーニヒスクローネの『はちみつアルテナ』は私も好きよ。栗入りのチョコレートケーキね。でも、あれは対局の途中に食べる感じじゃないし」

「別に対局中に食べた物じゃなくてもいいんだ。将棋を指しに行った帰りとかで食べた物でも……ほら、新世界で串カツとか食ったろ？　お嬢様にとってはああいうジャンクな食い物は珍しいんじゃないか？」

「串カツくらい食べたことあるわよ……けど、そうね。東京の千駄ケ谷で食べたステーキは、割と印象に残ってるわね」

「ほう。『CHOCO(チヨコ)あまみや』の?」

「そうよ。将棋会館から歩いて行ける場所にある店で、客席のすぐ側にあるグリルで豪快に一キロもあるブロック肉を焼いてくれたの。そのブロック肉を鉄板に載せて、目の前で切り分けてくれて……味はもちろんだけど、見た目も圧倒的で忘れられないわね」

「あれは俺もはじめて見た時はビビッたよな〜」

奨励会員は三段にならないと関東で対局することはないんだが、三段リーグで遠征に行ったときに先輩の三段に奢(おご)ってもらったのが俺の初体験だ。

後で知ったが、棋士だけじゃなく芸能人なんかもよく行く店らしい。

「付け合わせの野菜は、コーンとニンジンと……あとジャガイモだったかしら。食後にはドリンクとシャーベットもつくわ」

「マイナビのチャレンジマッチで東京に行った、その次の日に食べたんだよな? 桂香(けいか)さんやJS研のみんなと一緒に」

「あのババアはウザいだけだったけど……ま、美味しかったのは認めるわ」

「楽しい思い出だから、きっとそれもあって印象に残ってるんだろうな」

「その後、師匠(せんせい)がネットで炎上したのも含めてね」

「それは忘れて!」

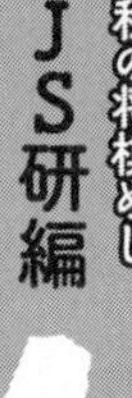


「みんなー。ちょっといいかなー？」

「ちちょ、ろうちたのー？」

「九頭竜（くずりゅう）先生。何かありましたです？」

「澪（みお）たちにできることがあったら何でも言ってよ！　あ、えっちぃこと以外でね！」

「うん。ちょっとみんなの将棋めしを聞きたいと思ってね」

澪ちゃんのボケはスルーして、俺は淡々と用件を伝えた。

「しょーぎめてぃー？」

かわいく首を傾げるシャルちゃん。初めて聞く日本語のようだ。

綾乃（あやの）ちゃんは眼鏡（めがね）の奥の目を輝かせて、

「うち、知ってるです！　いま棋士が食べるご飯がすごく話題になってて、きっとそれのことです！」

「なるほどー。んで、未来の女流棋士である澪たちの好きなご飯も調査しようってわけだね！」

ryuoh no
oshigoto!
bangaighen
1

「話が早くて助かるよ。みんなは大切な対局の前とかに必ず食べるものとかってあるかな？」

「しゃう、なっとーがしゅきなんだよー」

「納豆？　フランス人のシャルちゃんが納豆を好きなのは意外だね」

「シャルちゃんは毎朝納豆を食べないと機嫌が悪くなるくらい納豆が好きなのです。うちの家にお泊まりした時も、納豆を食べたがって大変だったです……」

「えー？　澪は納豆ムリだなー。腐った豆なんて食べたらお腹こわしちゃって将棋に悪影響だよー！」

「そういえば大阪の人は納豆をあんまり食べないっていうね。俺の内弟子時代も、師匠の家でほとんど出なかったなー」

ちなみに俺自身は納豆平気な人だし、出身地の福井県には『へしこ（魚のぬか漬け）』みたいな発酵食品があるから、匂いのキツい食べ物も大丈夫。苦手なのは椎茸だ。

「なっとーおいてぃーし、えーよーもいっぱいなんだよー！」

シャルちゃんはよっぽど納豆が好きらしく、澪ちゃんに納豆を貶されたのが納得いかないらしい。珍しくプンプンしている。

「そうかもしれないけど、澪は対局の前に納豆なんて食べたくないな！　口の中が変な感じになって将棋に集中できないし！」

「むぅぅ～!!　なっとーいいんだよー!!」

「よくないですー。ぜんぜんよくないですー！」

「ふ、二人とも落ち着いてくださいです！」

　仲裁する綾乃ちゃんは俺のほうを見ながら、

「納豆はネバネバしてるから、食べると粘りが利くという意味で験も担げますですし……そんなに悪くないですよね？　九頭竜先生？」

「ん⁉　んー……まあ粘り強く戦うのは大事だけど、それ以上に、将棋に勝つには『苦手な物』があったらダメなんだ」

「「「？？？」」」

　不思議そうな顔でこっちを見るＪＳたちに俺は説明する。

「弱点が一つでもあったら将棋は勝てないからね。俺も内弟子時代、嫌いな食べ物を克服するよう師匠からキツく言われたし。だから澪ちゃんも納豆を食べたら強くなれるかもよ？」

「……そっかー。ごめんねシャルちゃん。澪、納豆食べるよ！」

「しゃう、おいてぃーたべかたおしえてあげうよー！」

「納豆が、二人の切れかかった糸を繋いでくれたです！　素晴らしいです！」

　綾乃ちゃんが上手いこと言ったからみんなそれで満足してお開きになったけど、家に帰ってからこう思った。

　納豆以外の好きな食べ物を聞くの、忘れたな……と。

ryuoh no oshigoto!
りゅうおうのおしごと!
盤外編 1

第7巻

**雛鶴あい編**
アニメイト特典

**空銀子編**
メロンブックス特典

**夜叉神天衣編**
とらのあな特典

**あい＆天衣＆銀子編**
東海地区限定特典

**JS研編**
ゲーマーズ特典

**月夜見坂燎＆供御飯万智編**
WonderGOO特典

**清滝家編**
関西地区限定特典

**鹿路庭珠代＆山刀伐尽編**
アニメイト東海エリア限定特典

# アニメ化 雛鶴あい編

「師匠！　わたしたちの活躍がアニメになるそうですよ⁉」

「アニメ化かぁー……まさかまさか、って感じだよなぁ」

世にも不思議な将棋ラノベなんてものがテレビやネットで全世界に配信されるのだ。将棋ブームに上手(うま)く乗れたとはいえ、一巻が出た頃からは想像できないほどの幸運である。

それも全(すべ)て、支えてくれた読者の皆様のおかげだ。

そして目を閉じれば、取材や宣伝に協力してくれた将棋関係者の方々の顔が一人また一人と浮かぶ。

感謝……！　圧倒的、感謝……‼

そんな感謝の思いに浸る師匠をよそに、あいは動揺のあまりアパートの中を行ったり来たりしながらブツブツと呟き続けている。

「どうしましょう⁉　あっ！　とりあえずお部屋のお掃除をしておかないと……！」

「それな」

「はぅぅ〜……！　うれしいですけど、いきなり言われても困りますー！　ぜんぜん準備ができてません！」

「それな」

「髪の毛もかわいくしたいし、お洋服も新しくしたいし……」

「そうなんだよなー。対局する時はスーツだから特に迷わないんだけど、アニメ化となると私服とかも映るわけだもんなー。レパートリーが少ないと『こいつ将棋オタクだから服とか買いに行かないんだな』とか思われちゃいそうだし……」

「それだけじゃないです！　ライトノベルの挿絵ならほとんど正面だけしか出ないですけど、アニメになると後ろ姿とかもバッチリ映っちゃいます！　そのあたりも気を抜けません！」

「あいの髪飾りとか、立体的で動かすの難しそうだしね」

「おさげとアホ毛はすりーでぃーでおねがいしますっ！」

「でもね。アニメのスタッフの皆さんは本当に頑張ってくれてるよ。ロケハンっつーの？　関西将棋会館はもちろん、俺たちのアパートがある商店街とか、他にも舞台になるところはしっかり足を運んで取材してくれて――」

「ちょっと師匠⁉」

「ん？」

「も、もしかして……もうこのおうちにもロケハン来ちゃってます⁉」

「ああ。だってここは一話から出るしね」

「ししょーのだらっ！　なんで言ってくれないんですかーっ!!」

「な、なんでって言われても……平日の昼間だったし、あいは小学校に行ってる時間だし……」

「じゅんびっ！　女の子のお部屋を見せるにはそれなりの準備が必要なんです!!」

「準備？　ああ掃除とか？　けどスタッフの皆さんからは『ありのままの状態が見たい』って言われてたし……生活感のあるところをアニメでも表現したいから、あんまり片づけすぎるのもどうかと思って」

「ちがいます！　掃除じゃないです」

「じゃあどんな準備？」

「まず玄関にはあいの靴を並べておきます。スリッパはお揃いのものを用意して、洗面所にも同じコップに色違いの歯ブラシを立てておきます。それから寝室には色違いの枕を二つ並べて、冷蔵庫の中にもさりげなくあいのものを混ぜておきます。洗濯物は師匠とあいのを交互に干して——」

「ま……マーキング……!!」

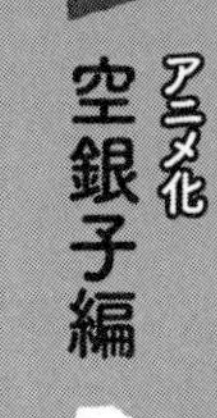

# アニメ化　空銀子編

「アニメ化ね。八一（やいち）」

「アニメ化ですね。姉弟子（あねでし）」

関西将棋会館の一階にあるレストラン『トゥエルブ』でカウンター席に座り夕食を摂りながら、俺と姉弟子は静かに視線を交わし合う。

「……意外と冷静じゃない？　自分が主人公のアニメが放送されるっていうのに……」

「まあ、棋士は見られるのには馴れてますから」

「それもそうね……最近のタイトル戦だと、おやつを食べてる姿だってそのままネットで中継されるくらいだし」

「いちいち気にしてたら将棋のことなんて考えられなくなりますからね。カメラなんて回ってないと思い込むくらいでちょうどいいんですよ」

「す、既にそこまでの境地に……!?　さすが竜王を二期獲得しただけあるわね……」

「ふふふ」

「私はまだ、ちょっと……やっぱりカメラを意識しちゃうわ」

姉弟子は俯(うつむ)くと、珍しく自信なさげに呟いた。

プロのタイトル戦と違って女流のタイトル戦は動画中継されることが少ないし、そもそも姉弟子は奨励会員。《浪速(なにわ)の白雪姫(しらゆきひめ)》といえども、自分の姿が電波に乗って不特定多数の人々に見られることには耐性がないようだ。

「気にする必要なんてありません。ありのままの姿を見せればいいんです。それだけで姉弟子は絵になるんですから」

「う、うん……（ドキドキ）」

「ふふふ」

余裕のある俺の態度に姉弟子は参ってしまっているらしい。ふふ……惚(ほ)れるなよ？

「ち、ちなみに……最近の八一の一日はどんな感じなの？」

「そうですね。まず朝はかなり規則正しいです。七時には起きてますね」

「へぇ。プロ棋士は夜型が多いのに珍しいわね？」

「弟子が小学校に行きますからね」

その瞬間、スッ…………、と。

姉弟子の顔から急激に温度が失われたことに、調子に乗ってる俺は気づかない。

「朝は弟子に起こしてもらって、弟子の作った朝ご飯を食べて、弟子の淹(い)れてくれたお茶を飲みます。これがないと一日が始まらないです」

「……」

「それから休日の昼は研究会です。『ＪＳ研』ですね。ＪＳが四人くらい来て、みんなと乱取りです。小学生と（将棋を）やりまくります」

「……」

「夕食はＪＳのみんなと一緒に食べます。最初は出前を取ることが多かったけど、最近はみんなで料理を作ったりもしますね。まぁ丼とか簡単なものが多いんですけど。ＪＳ丼です」

「……」

「ご飯を食べ終わったら順番にお風呂に入ります。最初の頃は俺が一番風呂だったんですけど子供はせっかちだから途中で入って来ちゃうんですよ（笑）。だから最近は俺は最後に入るんですよねー。俺の家なのになぁ。ま、小学生はそんなに汚くないから残り湯でも気にならないんですけど」

「……」

「で、風呂から上がったら、布団を敷いた和室でまた将棋です。パジャマを着る時間も惜しむ感じだから下着のままだったり。そのままみんなで雑魚寝しちゃうことが多いですね」

「放送禁止だわこのアニメ」

「えッ⁉　なんで⁉」

# アニメ化 夜叉神天衣編

「天衣！　アニメ化だぞアニメ化！」

「……うるさい師匠ね。将棋の研究をしてるんだから、いちいち騒がないでちょうだい」

「ん？　どうした？　アニメ化が嬉しくないのか？　アニメ化だぞー？」

「だって私、アニメって観ないから」

「おう……」

子供がみんなアニメを見ると思ったら大間違い。

夜叉神天衣お嬢様はそんな下等なものに一切興味無しと言い切ってから、ちょっぴり申し訳なさそうにこう補足する。

「そもそもあまりテレビを観ないもの。ニュースは新聞を読むし、最近はネット記事の方が充実してたりするし」

「そっかー。けどせっかくアニメに出るわけだし、ちょっとくらい予備知識を入れておいてもいいんじゃないか？」

「……それは確かにそうかもしれないわね」

「じゃあ一緒に最近のアニメを観てみようぜ！　弟子と一緒にアニメ研究会だ！」

俺は天衣の隣に回ると、スマホで配信アプリを立ち上げる。

「へー。アニメってこんなにたくさんネットで無料配信されてるのね？」

「将棋の対局を配信してくれてるニコニコ動画さんやアベマさんでもいっぱい配信されてるから、将棋を観る合間にも楽しめるよね～」

最初はワクワクした感じの天衣だったが……次第に眉間（みけん）の皺（しわ）が深くなっていく。

「何だか……登場人物、妙に女の子が多くない？」

「アニメの定跡（じょうせき）だね。『萌え』ってやつだよ。初手（しょて）で7六歩と角道（かくみち）を開けるくらいの」

「ッ!?　**謎（なぞ）の光**がパンツを遮（さえぎ）ってるわよ!?　なにこの光!?」

「湯気や光で隠すのは定跡だね。あと、**円盤ではモロ見え**になるのも定跡だね」

「でもこっちのアニメではパンツ丸出しなんだけど!?　どういうことなの!?」

「それはパンツであってパンツじゃないんだよ。**パンツじゃないから恥ずかしくない**んだよ」

「パ……え？　でもこれ、どう見てもパンツ……？？？」

「あと登場人物はみんな十八歳以上だから」

「だってランドセル背負（しょ）ってるわよ!?」

「定跡だよ定跡。定跡に疑問を持っても仕方ないだろ？」

「定跡定跡って……一般人に理解されないものを作って意味があるの？」

「確かにそうだけど、プロの将棋だってカリッカリに定跡が整備された横歩取りとか、アマチュアには理解できないだろ？」

「それは……確かにそうだけど」

「それでもプロは勝たなきゃいけないから横歩も指す。アニメだって売れなきゃいけないから、お金を出してくれる大きなお兄ちゃんに受ける作品を作らなきゃならないんだよ」

「そ、そう……なるほどね。将棋でもアニメでも、プロの世界は厳しいのね……」

「わかってくれたか」

　俺は二番目の弟子の肩に手を置くと、

「じゃあ天衣もアニメでは原作に無いお風呂シーンに出演して謎の光や謎の湯気をいっぱい浴びてくれ！」

「絶ッッッ、対！　イヤッ!!」


　ちなみにアニメ『りゅうおうのおしごと！』はJSの入浴シーンや裸で廊下に立ってるシーンはあるけど、パンツは出ない。健全だね！

# アニメ化 あい＆天衣＆銀子編

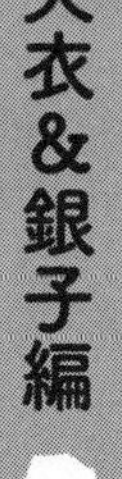

「第1回、誰が正ヒロインか会議〜！」

ぱんぱかぱーん！　って、あいが元気いっぱい宣言すると——

「……」

天ちゃんはムスッとした表情のまま、沈黙。

「……ちょっと小童。何よこの茶番は？」

おばさ……空先生は、やっぱりムスッとした表情で問い質してくる。

二人とも察しが悪いなぁ。

「はい。この会議はですね、アニメのキービジュアルに全身イラストで登場してるわたしたち三人の中で、誰がこの作品の正ヒロインなのか白黒つける会議になります☆」

わたしの説明を最後まで聞くことなく天ちゃんは踵を返して、

「バカバカしい……私は帰らせてもらうから」

「じゃあ天ちゃんはサブヒロイン（不人気）でいいんだね？」

「はぁ⁉　ちょっ、何よそのサブとかカッコ不人気とか⁉」

Uターンして戻って来た天ちゃんに、わたしはアニメ業界のルールを教えてあげる。

「正ヒロインレースに敗れし者は漏れなくこの烙印を押され、ヒロインでも何でもない背景にちょっと出てた女の子キャラの方がかわいいとか言われちゃうんだよー」

「でも同じヒロインでしょ？　そこまで扱いに差が生まれるなんて――」

甘い甘い。空先生は将棋以外だと、てんで甘ちゃんですねぇ。

「それはぜんぜん違いますよ？　正ヒロインになればアニメに登場する時間も多くなりますし、個別エンディングやキャラクターソングなんかも作ってもらえます。グッズだって正ヒロインのものが一番多く作られるわけです。露出がぜんぜんちがいます！」

「そ、そんな……！」

地面に膝を突いて天ちゃんは絶望する。

「この私が、メガネあたりの地味な脇役以下の扱いを受けることになるなんて……！」

「天ちゃんはアニメだと私と同じ『あい』って発音されて紛らわしいから、出番は控え目でいいよね？」

相手の心が弱ってる隙に戦果を拡大しようとするわたしを、空先生が制止する。

「そう言うあんただって正ヒロインって決まったわけじゃないでしょ？」

「わたしはキービジュアルでも一番前で一番大きく描いてもらってますから当然正ヒロインで

すよ？　人気だって一番ですし」

「はぁ？　人気なら私が一番なんだけど？　『あざとすぎる』『ヤンデレ無理』ってネットの感想で言われてるあんたよりよっぽど人気よ。店舗特典だって私のが真っ先に売り切れるから『特典ペーパーは銀子（ぎんこ）の話でお願いします！』って各専門店さんが争奪戦を繰り広げて――」

「ふっ」

「鼻で笑った⁉」

語るに落ちましたね……。

「その人気こそサブヒロインの証明……正ヒロインより露出が少ないサブヒロインは、その希少性から珍重されてるに過ぎません。単なるマニア受けですっ‼」

「ッ⁉　……そ、そんな……！」

天ちゃんと同じように空先生も地面に膝を突く。勝った。

王手飛車（おうてびしゃ）を掛けたような爽快感をおぼえながら、わたしはバラ色の終局図（しゅうきょくず）を思い描く。

「うふふふふ……これであいの正ヒロインの地位は安泰です！　アニメでばくはつてきな人気を得て、それを足がかりに原作でもあいちゃんルートを確定させて――」

「でも多分アニメで一番人気出るのって、あの金髪チビよね」

「そうねシャルね」

「はぅぅぅぅぅぅ～～～～っ‼　あいが正ヒロインなのにぃぃぃぃ～～～～～～っ‼」

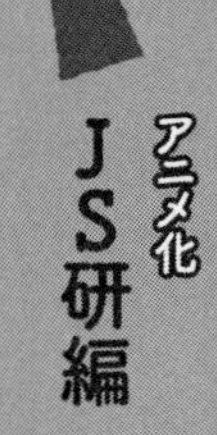

アニメ化

# ＪＳ研編

「シャルちゃん！　あやのん！　澪たちの活躍がアニメになるんだってー!!」

「す、すごいです！　歴史的な快挙なのです！」

「あにめー？　しゃう、ぷぃきゅあみたいになうのー？」

「そうだよー！　みんなでテレビに出ちゃうんだよー！」

「それだけじゃないです！　今の時代ならネットでも配信されるですし、ブルーレイになって販売されたりレンタルされたりもするです！　全世界に、うちたちの姿が流れるです！　シャルちゃんの故郷、フランスにも……！」

「ふぉー！　しゃう、うれしーんだよー！」

ばんざーい！　ばんざーい！

って、喜んでばっかいられないんだよね。

澪はアニメ化が決まってからずっと悩んでたことを打ち明ける。

「でも、問題があってさー」

「どんな問題です？」

「…………………澪たちって…………脇役なんだよね…………」

「そ、それは仕方のないことかと……です……」

「ええー！　しゃう、しゅあくがいいんだよー！　いっぱいあにめにでたいんだよー！」

「でも、この作品は将棋がメインで……だからあんまり将棋が強くないうちたちじゃあ……」

そうだよね。普通は諦めちゃうよね……。

でも！

「大丈夫！　強くなる方法なら、澪が考えてきたから！」

「ええ⁉　ど、どんな方法です？」

「**合体**だよ‼」

「が、がったい⁉　……です？」

「そうだよ！　一人だと弱くても、三人が合体すれば強くなれるはず！」

「おー。しゃう、がったいしゅきー‼」

「よーしそうと決まればさっそく練習だっ！　あやのん！」

「です？」

「あやのんは一番おっきいから、下ね！」

「は⁉　し、下……です？」

「当たり前でしょ⁉　あやのんが下半身で澪が胴体、そんでシャルちゃんは頭だよ！　ほら早く四つん這いになって！」

「え⁉　え⁉」

「で、その上にシャルちゃんを抱っこした澪が乗って――」

「お、おもい……！　ですっ……！」

これは澪が小学校の運動会で組み体操を見て、それで思いついたの！

四つん這いになったあやのんの上に、シャルちゃんを肩車した澪が立つ。そうすることで物理的にも大きくなって目立つし、将棋の対局も三人でコッソリ相談しながら指せば……。

え？　バレる？

大きなコートとか羽織ったら、背の高い外国の人ってことで押し通せないかな？

「わぁー。しゃう、とってもたかくてたのしーんだよー！」

「うん！　これならすっごく目立てるから、きっと澪たちも主役級の扱いになるはずだよー。少なくともメイン級のヒロインのはずなのに影の薄い天ちゃんよりは上のポジションになれるはずだよー」

「しゃう、がんばりゅよー！」

「よーしシャルちゃん！　あやのん！　三体合体でアニメ業界に殴り込みだー！」

「こ、こんな姿で……活躍しても…………ぜんぜん嬉しくないですぅぅぅ～～～～‼」

# アニメ化 月夜見坂燎＆供御飯万智編

ryuoh no oshigoto! bangaighen 1

「アニメ化だぜ。万智(まち)」

「アニメ化どすなぁ。お燎(りょう)」

「めでてー話ではあるんだがなぁ……なんっつーか、不安？　じゃね？」

いつもの棋士室で向かい合ったお燎……月夜見坂燎(つきよみざかりょう)女流玉将(じょりゅうぎょくしょう)は、その二つ名である《攻める大天使》とは全く逆の、不安そうな表情を浮かべている。

それは私も全く同じだ。

「こなたらの扱い……どすな？」

「ああ……」

「果たして出番があるか……と？」

「何せオレらは基本的に巻末の『感想戦(かんそうせん)』にしか出ねぇからな……」

そう。

小説とアニメの何が最も違うかといえば……それは『尺』。

つまりアニメには厳格な放送時間が決まっている。

「もともと作者が『登場人物が幼女ばっかりで不安だなぁ……でもキャラを増やすとページも増えちゃうし……せや！　巻末にお姉さんヒロインを二人くらい出して数合わせしたろ！』って無理やりネジ込んだキャラどすしなぁ」

小説ではそれができても、アニメでは無理。声優なしで背景にちょろっと出てる……みたいな扱いになるのだろうか。

「作者の野郎はビジネスロリコンだからな。しかも感覚が古い。小学生や中学生ヒロインだけでハーレムラノベが成立するか不安だったんだろ。で、お色気枠としてオレらをモノクロイラスト付きで滑り込ませたわけだ」

「けど、お色気枠なら桂香さんが本編に出ておざりますよ？」

「あの人は…………地味だろ」

「……………せやね……残念なことに……」

「でも桂香さんはその地味なところが持ち味っつーか、本編で生きてくるわけだかんな」

お燎の言うとおり、桂香さんが活躍する原作三巻のエピソードは必ずアニメにも盛り込まれるに違いない。

「逆にオレらは派手でも、本編に出なくても話は繋がっちまうわけで……」

「基本モノクロとはいえ毎巻必ずイラスト付きで出番があるキャラいうんは、割と優遇されてるほうやと思うけどなぁ」

「そこは否定しねーけどさ。けどそのことと、アニメにオレらの出番があるかどうかは別の話だろよ。漫画版は上手に組み込んでくれてたけど、アニメは尺の問題もあるかんなぁ。どうなんだろうなぁマジで？『ソードマスターヤマト』の四天王みたいに最後にちょっとだけ出てきて思わせぶりなセリフ言うとかかねぇ？」

「『空銀子（そらぎんこ）がやられたようだな……』『フフフ……奴（やつ）は女流タイトル保持者の中でも最弱……』『研修生ごときに負けるとは女流の面汚しよ……』みたいな展開どすな」

「マジでそんなんだったら泣けるな……」

「まぁこなたは一巻の時点から本編にも登場しておざりましたけどな……世を忍ぶ仮の姿どすけど」

「いやそこは逆に不安要素だろ？　オメェのアレとか、小説以外じゃ表現するの難しいわけだし。キャラクターデザインを変えても声でバレるぜ？」

「機動戦士Zガンダムの一話目で名前も変えてサングラスまでしてきたのにエンドクレジットでいきなり『シャア　アズナブル　池田秀一』って出るみたいなものどすな」

「たとえが古すぎてわかんねーよ……」

　ありがたいことに私たちの出番もちゃんとあるので、ぜひアニメもご覧になっていただきたい。鵠（くぐい）記者も大活躍どす☆

## アニメ化　清滝家編

「お父さん！　アニメ化よアニメ化！」

「落ち着かんかい桂香（けいか）。アニメ化くらいでみっともない」

「とか言いつつ、お父さんも髪と髭（ひげ）をカットしてもらってるじゃない」

「こ、これは……たまたまや！　たまたまちょうど床屋に行こうと思っとったんや！　公式戦がもうすぐあって――」

　はいはい。今年は負けまくってるから対局は再来月まで無いでしょ？

「けど、お父さんくらいの世代だとアニメとかあんまり観ないわよね」

「そんなことはない。わしはアニメに詳しいで」

「『鉄腕アトム』とか？」

「もっと新しいのも観とる。女の子がいっぱい出るやつもや」

「女の子？『じゃりん子チエ』とか？」

「桂香……いくら何でもお前、研究不足過ぎるで」

お父さんはわざとらしく溜息を吐くと、説教をしてきた。

「将棋以外のことも学んで、それを将棋にも活かす。そういう好奇心と向上心が無いのが、お前が棋士として大成できん原因や」

「むっ……じゃあアニメのことを語ってみてよ」

「ええか？　わしの見るところ、最近のアニメは『多様性』が重要や」

「た、多様性……？」

「そうや。視聴者の好みが細分化した現在では一口に『萌え』と言っても視聴者が抱く『萌え』はそれぞれや。この多様性こそが『クールジャパン』の神髄と言ってもええ」

「………………」

「完璧なキャラを一つ作るのではなく、むしろ欠点を持つ等身大の少女たちを生き生きと描くことが重要なんや」

「じ、自分の父親が『萌え』とか『クールジャパン』とか言うのを聞くと何だか背筋がムズムズするけど……確かにお父さんの分析には説得力があるわ！　さすが名人に二度も挑戦したプロ棋士……！」

「うむ。そこでわしが直々に企画書を書いてみた。この通りにアニメ化すれば大ヒット間違いなしや！」

「へぇ……どれどれ？」

**歴史ある将棋プロダクション「関西将棋会館」には数多くの棋士が所属している。**

**そこでスタートする「CINDERELLA　PROJECT（シンデレラ　プロジェクト）」！**

**普通の毎日を送っていた女の子。**

**女流棋士の卵に選ばれた彼女達が、初めて見る世界で紡ぐシンデレラストーリー。**

**みんなと一緒に名人へと続く階段を登っていく事が出来るのか。**

**今、魔法がかかり始める——**


「これ『アイドルマ●ターシンデレラガールズ』の丸パクリじゃない!!」

「わしも主人公や八一ヒロインを銀子育成した伝説のPとして登場するんや！　あいちゃんも新田ちゃんもわしが育てるんや!!」

「プロデューサーじゃなくて師匠でしょ……」

でも……プロ棋士育成のスマホゲームなんてあったら、ちょっと面白いかも？『棋士娘』とか？　私はきっとトレーナー役のお姉さんキャラで……って！　そんなゲームじゃなくて将棋の勉強をしなくちゃ、アニメでも恥ずかしいところを晒しちゃうわね……。

# アニメ化 鹿路庭珠代＆山刀伐尽編

「じんじんセンセぇ。アニメ化だそうですよー？」

**「僕はメインヒロインなんだろうね？」**

「いやオッサンがメインヒロインのアニメとか、わけわからんし」

「そうかい？　最近はそういうアニメも多いんだよ？」

「そうかなぁ？　……いや、確かにそういうアニメのほーが売れるっつーか、女流棋士でも男同士がアレな感じのアニメにハマってる人はいるけど……」

**「僕がメインヒロインでいいんだね？」**

「まーでもこの作品はロリがメインだから、客層もそっち寄りなんじゃないっすかー？」

公開されたキービジュアルを見てもロリだらけだし。

「あーあ客が変態ばっかだからつれーわー。こんなプリティーで巨乳なのにヒロインになれねーからつれーわー」

「珠代(たまよ)クンは諦(あきら)めるのが早いね」

「は？」

「だから将棋も勝負所で粘れないんだよ」

「はぁぁぁ⁉　ちょっ、今それ関係なくね⁉」

「いやいや。日常のちょっとしたところで踏ん張れるか踏ん張れないか、その積み重ねが極限の勝負で顔を出すんだよ」

昭和の棋士みたいなことをジンジンはサラッと言う。

人生観が勝負にも影響するっていうやつ。でもそれって名人の世代が駆逐した発想なんですけど？

反論してやろうと口を開きかけたあたしに、ジンジンは強烈な一手を放つ。

「『幼女がメインだから主役になれなくていい』と諦めてしまったら、大事な対局でも『相手の方が若くて勢いがあるから負けても仕方がない』と思ってしまわないかな？」

「っ……‼」

「ボクは男で四十代だけど、メインヒロインになるつもりだよ？」

こ、このオッサン……本気だ……！

本気でメインヒロインになって、九頭竜八一（くずりゅうやいち）を食っちまうつもりだ……‼

「珠代クンはまだ二十代で、しかも女性じゃないか。なのにちょっと年増だというだけで諦めるのかい？　じゃあいつヒロインになるの？　今でしょ！」

「くっ……！　や、やってやんよぉ！　小学生からメインヒロインの座、奪ったらぁぁぁ!!」

「その意気だよ珠代クン！　二人でこのアニメをボクら色に染め上げてあげよう……ふふっ、なぁにアニメでは原作を改変してキャラクターの設定をイジるなんて日常茶飯事さ。三姉妹が主役のほのぼのアニメだと思ってたら**原作にない男キャラが追加されてる**とか、アイドルアニメかと思ったら**ロボットアニメ**になってた……とか、ね？」

「じゃあこのアニメも、ロリが出てくる将棋アニメかと思ってたら――」

「十六歳のプロ棋士を**四十代男性先輩棋士**と巨乳の女流棋士が奪い合う昼ドラも真っ青な愛憎渦巻く群像劇になるね！」

「あと最近の流行に乗って**不倫**も入れましょ！　それから**飯**！　登場人物が将棋を指したりメシを喰ったりしながらガンガン不倫すんの！　ロリ？　一切出ねぇ!!」

「爆死するね」

「ですね」

原作に忠実なアニメになったとさ。

ryuoh no oshigoto!
りゅうおうのおしごと!
盤外編1

第8巻

**きつねとたぬき**
WonderGOO特典

**弟子**
とらのあな特典

**女性専用**
ゲーマーズ特典

**犬か猫か**
メロンブックス特典

**夢**
アニメイト特典

# きつねとたぬき

ある日。関西将棋会館の棋士室で。

「突然だけど、関東と関西の食い物って味が違うよな」

「本当に突然ですね……」

静かに棋譜並べをしている俺の向かいの席で、月夜見坂燎女流玉将は船を漕ぎながら唐突にそんなことを言った。

なぜ関東所属の月夜見坂さんがド平日の午前中から、対局も無いのに関西将棋会館にいるのか？

もはやそのことを気にする人すら関西にはいない。そのくらいこの人は当たり前のようにここにいる。関西棋士より出席率がいいくらいだ。

視線を上げた俺に顔を寄せながら月夜見坂さんは言う。

「いやさ、オレらは対局で関東に行ったり関西に行ったりすんだろ？　で、当然だけど両方の食い物を食べ比べると、同じ料理でも味がかなり違うなぁと」

「それは確かに俺も思います。聞いた話ですけど、カップ麺とかポテトチップスとかの味も関東と関西で違うらしいですよね」

「どのヘンが境界なんかね？　万智、知ってっか？」

「関ケ原とか米原とか、あの辺りで変わってくるらしいなぁ」

答えたのは記者姿の供御飯万智山城桜花だ。

対局室の盤面を映すモニターの前に陣取ってメモを取りながらスラスラと答えてくるその博識さに、俺はすっかり感心してしまう。

「さすが供御飯さんは記者だけあって詳しいですね」

「おおきに竜王サン♥　こなたはフード系の記事にも定評がおざりますのや」

「おうクズ。米原ってどこだ？」

「さすが月夜見坂さんは常識が無いですね」

「よし！　殺す☆」

「ポップな感じに殺害予告しないでくださいよ！」

ちなみに米原は滋賀県。

新幹線も停まる交通の要所で、琵琶湖の東側にある。まあ、いつも通過するばっかりで降りたことはないけど。

「話を戻しましょう……関東と関西の味の違いでしたよね？」

「味が違うだけならまだいいけどよ、名前まで違うのはチョイ困るぜ？」

「あー……あるある。それメッチャ困りますよね……」

　俺たち棋士は対局で関東と関西を行ったり来たり。

　そして対局中の食事は将棋会館の中で食べなければならず、『塾生』と呼ばれる係がメニュー表を持って出前の注文を取りに来てくれるシステムだ。

　つまり基本的に、食べ物の名前だけで食事を選ばなければならない。

　その場合……こんな悲劇が起こるのだ。

「大阪(おおさか)で『たぬきうどん』頼んだら、油揚げの入ったうどんが出てきたんだよ。そりゃ『キツネうどん』だろって！」

　月夜見坂さんがブチ切れながら語るエピソード。

『その程度でキレるなよ……』と思うかもしれない。しかし先を読むのが棋士の職業で、俺たちは局面からその先の戦いを想定して食事を選ぶ。将棋が早く終わりそうなら軽い麺類とかを頼むし、長くなりそうなら揚げ物をガッツリいただくって感じだ。

　それなのに頼んだ（と思った）ものと別の食い物が出てきたら……なぁ⁉

　ちなみに俺も似たような経験をしたことがある。

「油揚げといえば『キツネ』と思ってると、大阪では痛い目を見ますよ……ちなみに俺は関東で対局があった日に夕食で『たぬきうどん』を注文したら『天カスうどん』が出てきてびっくりしましたが。そのせいで動揺して負けましたが」

「『たぬき』って言やぁ天カスだろがナメてんのかクズ」

「あぁ？」

「おぉ？」

「まぁまぁお二人サン。そない不毛な争いはおやめなされませ」

「でも供御飯さん、関西人からしたら『たぬき』で天カスが出てくるのは許せな――」

「ちなみに京都で『たぬき』を注文すると、短冊切りにした油揚げを載せた餡かけうどんが出てくるんやでー」

「『はぁぁぁ⁉』」

何だよそれ⁉

供御飯さんは伏見稲荷（ふしみいなり）の狐みたいにニヤニヤと口の端を釣り上げながら、

「餡かけうどんはドロドロしてるやろ？　キツネがドロンと化けたから、たぬきになって出てきたいう、京都らしい粋（いき）なシャレどす」

「……もう何が何だかわかんねぇな……」

「たぬきとキツネの化かし合い、いうことでおざりますなぁ」

もう対局中の注文は全部カレーでいいよカレーで。

# 弟子

またある日。関西将棋会館の棋士室で。

「お二人は弟子を取ろうと思ったことはないんですか？」

いつもみたいに棋士室で駄弁っていた月夜見坂(つきよみざか)さんと供御飯(くぐい)さんに、俺は棋譜並べをする手を止めて話しかけた。

二人にとっては意外な質問だったらしく、甲高い声が返ってくる。

「はぁ？　弟子ィ？」

「そないなこと言われても、こなたらは竜王サンみたいにショタコンいうわけでもおざりませぬしなぁ」

「いや俺だってロリコンじゃないですよ」

「……」

「……」

「はいはいわかりました俺ロリコン俺ロリコン！　もうロリコンでいいから質問に答えてくだ

さいよ！」

「弟子って言われてもよー。オレら女流棋士は弟子を取れねぇからなぁ」

　これは実は正しくはなくて、女流棋士は女流棋士（を目指す研修生）の師匠になることはできる。

　その前例はごく少数ながら存在するし、別の例もある。

「でもほら、女流棋士も将棋連盟の正会員になったら弟子を取れるわけじゃないですか？　女流三段以上……つまりタイトルを獲得したことのある女流棋士は」

「確かに釈迦堂（しゃかんど）センセはプロ棋士をお育てにならしゃったなぁ」

「だなー。ま、縁があったら取るのも考えるかもなぁ」

　釈迦堂先生の弟子は、もちろん歩夢（あゆむ）のことだ。

　俺たちが出場した小学生名人戦の解説者だったことが縁だと聞いたことがある。大会で有望な子供を見出して弟子に取る例は多い。

「ちなみにお二人が弟子を取る場合、決め手になるのはどんなところです？」

「オレはとにかく根性だな！　どれだけ棋力が高くても根性のねーヤツは将棋界で生き残れねぇからな」

「なるほど」

　師匠が月夜見坂さんだったら、毎日毎日罵詈雑言とパンチキックの嵐（あらし）だろう。それに耐えるには確かに根性と頑健な肉体が必要になるに違いない。サンドバッグかな？

　一方、供御飯さんは——

「こなたは才能が第一どすなぁ」

「ほほぅ？」

「どれだけ性格がよかったり根性があったりしても、棋士として生きていくうえで幸せになるためには強さが必要どす。強くないプロは不幸や」

「いや万智。その考えはおかしいぜ」

　珍しく本気の表情で月夜見坂さんが遮る。

「たとえプロになれなくても将棋に費やした時間は人生を豊かにしてくれるはずだ。少なくともオレは将棋に出会ったおかげで悪の道に進まなくて済んだからな」

「それはお燎が女流棋士になれたからやろ？　プロになれん人間を弟子に取ること自体が無意味な行為やと言っておるのどす」

「んなこと言ったって現実としてプロになれねー人間の方が多いんだから、その人生を否定することなんてできねーだろ⁉　それは将棋の否定だ‼」

「ま、まあまあお二人とも……」

　自分が軽い気持ちで質問したことが意外なほどに白熱した議論に発展してしまい、俺は焦って仲裁した。

「それにしても意外と価値観の違いがありますね」

「なら竜王サンが弟子を取る基準は？」

「そうだぞクズ。自分が振った話題なんだから自分の基準も言えよオラ」

お、俺の基準？

正直……月夜見坂さんが言うことも、供御飯さんが言うことも、どっちもよくわかる。根性と才能のどっちも大切で、それを別の要素で表現するとしたら…………これだ‼

「若さですね。幼ければ幼いほどいい」

「ひくわー……」

「誰がオメーの性癖を語れっつったよ⁉　オレらは真面目に議論してんだ！」

「ええ⁉　お、俺だって大真面目に言ってるんですけど⁉」

もうロリコンでいいよ畜生！

# 女性専用

またまたある日。いつもの棋士室にて。

「はぁー……関西は居心地いいぜー♪」

給湯室で作ったコーヒーを自分専用のマグカップに淹れた月夜見坂さんは、もはや完全に私物化したロッカーから携帯ゲーム機を取り出して遊び始めた。

これはさすがに目に余る。

関東所属の棋士が関西将棋会館に我が物顔で出入りするのはまあいいとしても、神聖なる棋士室で遊び呆けるというのは許し難い！

関西若手棋士を代表して、俺は苦言を呈した。

「月夜見坂さん、また関西の棋士室に来てるんですか？　いい加減ご自分の巣である関東に戻ったらどうなんです？」

「んなこと言ったって、関東の将棋会館にゃー棋士の溜まり場なんて無いんだから仕方ねェだろ？」

「『桂の間』があるじゃないですか」

「あそこは検討用の部屋だから対局の無い日は誰も来ねーし。そもそも単なる対局室だから、ここみてーに居心地も良くねーし」

確かに千駄ヶ谷の将棋会館では何年か前に『ここで研究会とかやるな』っていう通達が出たから、研究部屋を借りられる高段のプロはともかく、収入の低い若手はみんな苦労しているらしい。

民間の将棋道場を借りられれば恵まれたほう。

公民館を利用したり、ファミレスとかカラオケボックスとかで研究会やＶＳをやっているらしい。

将棋を指すと意外と音が出てうるさいし、長時間居座るのはどこも嫌がるからね……。

そんな関東棋士の苦労を知ってか、供御飯さんが助け船を出す。

「せやで竜王サン。お燎には他に行くとこがおざりませぬのやから、ちょっと邪魔でも置いてあげておくれやし」

「おい万智。その言い方だとオレが誰にも相手してもらえねぇボッチ棋士みてーじゃねえか」

「ん？　違うん？」

「ま、まぁまぁお二人とも、穏便に……ね？　穏便に……」

会話だけ見るとイヤミを言い合ってるだけのようだが、月夜見坂さんはパイプ椅子を振り上げ、供御飯さんはハサミを握り締めている。棋士室が血で染まる事態だけは避けたい。二人ともさっさと出て行って欲しい……。

「でも関東には女流棋士のための部屋があるんじゃなかったでしたっけ？」

「ある……には、あるけどよぉ……」

「あれはなぁ……」

「プロ棋士にはそういう部屋はないのに、女流棋士には部屋があって羨ましいなーと思ってたんですよ。内部はどうなってるんですか？　将棋会館に似つかわしくないくらい、すっごくファンシーな感じとか⁉」

「倉庫だな」

「倉庫やね」

「倉庫なんですか……」

「女流棋士の溜まり部屋いうよりも、女流棋士がイベントで使う道具を溜めとく部屋、いう感じどすなぁ」

「イベントの前に必要な道具を引っ張り出しに行くくらいで、普段は近寄らねぇよ」

「そっかー……ちょっと残念ですね」

「そうか？」

「そりゃそうですよ！」

意外そうに首を傾げる月夜見坂さんと供御飯さんに対して、俺は前のめりになって言う。

「俺みたいな思春期男子にとって、女性しか入れない部屋っていうのは永遠の神秘なんですから！　秘密の花園ですよ‼」

「『女子更衣室とか？』」

「そうそう」

「『女性専用車両とか？』」

「そうそう」

「『女子校とか？』」

「そうそう！」

「『小学校とか？』」

「そうそ……違いますよッ‼」

小学校には弟子の運動会とか参観日とかで何度も行ってますから！　と言いかけて、俺は踏み止まった。

変質者呼ばわりされるのが目に見えてる……から……！

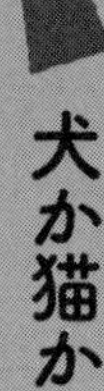

# 犬か猫か

またまたまたある日。棋士室にて。

「お二人は犬か猫、どっちが好きですか？」

連盟に来る途中で買ってきたドーナツをお供に雑誌を読みながら、俺は月夜見坂さんと供御飯さんに質問した。

ちなみに今日は隣の事務局で免状に二百枚くらい署名を入れてお仕事終了。

で、どうせこの二人が棋士室にいるだろうから、こうやって一緒におやつを食べて時間を潰し、内弟子が小学校を終えて修業に来るのを待とうというプランだ。

眠そうにスマホを眺めていた月夜見坂さんは不審そうな顔で言った。

「ナンだよいきなり？」

「まあまあ。とりあえず教えてくださいよ」

俺がドーナツの箱を二人に向かって押し出すと、月夜見坂さんはフレンチクルーラーを、供御飯さんはポン・デ・リングを取ってから、教えてくれた。

「オレは犬かな？」

「こなたは猫どすなぁ」

「なるほどー。ふむふむ、そうか……意外といえば意外か……」

俺は雑誌の特集記事を確認しながら頷く。

「おい。クズ、オメーさっきから何なんだよ殺すぞ？　あぁ？」

「ちょ、ちょっと！　叩かないでくださいってば！」

「オメーが一人で雑誌なんか見ながらニヤニヤニヤニヤしてっからじゃねーか！　キメーんだよ何なのかさっさと言えやオラ！」

「実はね？　犬好きか猫好きかで、その人の性格がわかるらしいんですよ」

俺たちが生まれるか生まれないかくらいの古の時代に『どうぶつ占い』なんてのが流行ったと桂香さんから聞いたことがあった。

そういった流行は繰り返すらしく、今もこうして似たような占いが流行っている。たとえるなら角換わりが再流行するみたいな……無理に将棋にたとえる必要もないな。うん。

「ははーん。心理テストみたいなやつどすな？」

察しのいい供御飯さんはすぐに俺が何をしているか理解したようだった。

月夜見坂さんも食いついてくる。

「面白そうじゃねーか。おいクズ、犬好きはどんな性格なんだよ？」

「犬好きはですね……人の話をよく聞いたり、人と触れ合うことに喜びを感じるタイプらしいです」

「おお！　当たりや！」

「はぁぁぁぁ!?　ふざっけんじゃねーよ！　オレは一匹狼だっつーの！」

「とか言いつつ、人恋しゅうてこうして特に何の用事もおざらぬのに関西まで来てしまうくせにー」

「ですよねー。説得力ないっすよねー」

「グッ……！　クズ……万智（まち）……こ、殺す……ッ‼」

まともに反論できないあたり図星らしい。

狂犬のように見えていた月夜見坂さんが、急にチワワのようにかわいく見えてきた。

「竜王サン竜王サン。猫好きはどんな性格なんどすー？」

招き猫みたいなポーズを取りながら供御飯さんが尋ねてくる。猫は猫でも、この人は化け猫の類いだけど……。

「冒険心や好奇心が強くて繊細。それから自由に行動するのが好きで、孤独が苦にならない性格らしいですよ」

「ほほぅ？　棋士や記者に向いてるいうことどすかなぁ？」

「そうですね。ちなみに俺が独自にアンケートを取った結果、棋士が好きなのは圧倒的に犬の方です。だから月夜見坂さん、別に恥ずかしがらなくていいんですよ？」

「………ああそーかよ」

「ついでに申し上げれば、俺が好きなのは――」

「おっと！　オメーは言わなくてもわかるぜ？」

「せやで。竜王サンが好きなペットは一つしかおざりませぬ」

「え？　……俺が好きなペットって、何です？」

ちょうどそのとき棋士室の入口に現れた俺の内弟子を指さしながら、月夜見坂さんと供御飯さんは声を揃えてこう言った。

「『女子小学生』」

「言うと思ったよこん畜生ッ!!」

キョトンと立ち尽くすあい。弟子は断じてペットじゃない……けど、かわいいからもうそれでいいよ。

# 夢

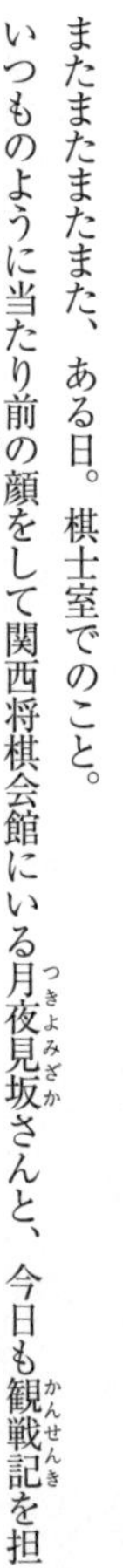



またまたまたまた、ある日。棋士室でのこと。

いつものように当たり前の顔をして関西将棋会館にいる月夜見坂(つきよみざか)さんと、今日も観戦記(かんせんき)を担当している供御飯(くぐい)さんに、俺(おれ)はずっと悩んでいたことを尋ねた。

「お二人は夢ってありますか？」

俺のその質問に、供御飯さんはキーボードを叩く手を止めて。

そして月夜見坂さんは読んでいたバイク雑誌を二寸盤の上に置くと、まじまじと俺の顔を眺めてから、珍しく心配そうな声を出した。

「……どうしたクズ？　薬(ヤク)でもやってんのか？」

「悩みがあるんやったら、おねえさんらに相談したらええ。お金とエッチなこと以外やったら、対価次第では対応可能どすぇ？」

「いや、それは結構なんですが……」

「エッチなことでも、金額によっては考えてもよろしおすよ？」

「いや、だからそういうことでは…………えっ⁉　エッチなこともいいの⁉」

俺は思わず供御飯さんの大きな胸を凝視してしまう。竜王戦の賞金が入るから、お金ならあるんですけど⁉

月夜見坂さんはバイク雑誌を丸めると、俺の頭をポカリと叩いた。

「バーカ。冗談に決まってんだろクズ。この女狐と何年付き合ってんだよ？」

「……ですよねぇ」

「おやおや。こなたは信用がおざりませぬなぁ」

手の甲で口元を隠しながらクスクス笑う供御飯さんは本当に狐っぽい。

「女狐の言うことなんざ放っておいてだ」

一方で、月夜見坂さんは普段は乱暴だけど、こっちが本気になると途端に熱くなる。地元のヤンキー感が凄い。頼りになる兄貴って感じだ。

「クズ、本気の相談なら乗るぜ？」

「…………」

この三人の他に誰も棋士室にはいないことを改めて確認してから、俺は自分が何を悩んでいるのかを語り始める。

「こんなこと言うと驕ってるって怒られるかもしれませんけど……俺たちは三人ともタイトルを獲得して、普通の棋士なら人生の全てを賭しても達成できるかどうかっていう最高の目標を十代にして達成しちゃったわけじゃないですか？」

「まぁ……確かにそれはそうだけどよ」

「達成感や倦怠感が無いと言えば、ウソになるわなぁ」

「お二人には及びませんけど、俺も防衛を成功させて、段位はもう最高位の九段です」

月夜見坂さんと供御飯さんは防衛を何度も成功させているし、タイトル戦の常連。女流棋界のトップ五には入る。

俺はといえば竜王以外のタイトル戦とは無縁だし、順位戦はC級1組。まだまだ上はいくらでも目指せる。

名人のような偉大な棋士たちがそうしてきたように、一つでも多くのタイトルを獲得し、一年でも長くトップに立ち続けるという未来がある。それを俺は目指せる立場にいる。

目指せる……はず、なんだけど……。

「同じことを引退するまでずっと繰り返すのか……って思ったら、この先のモチベーションをどこに持って行ったらいいかっていうのは、最近ちょっと悩んでて……」

「で、夢があるかって聞いたわけか」

「…………はい」

俺が頷くのを見て、供御飯さんがおもむろに口を開く。

「こなたの夢は、将棋界を舞台にした一つの物語を書くことどす。それがフィクションになるのかノンフィクションになるのかは、まだわかりませぬが」

「供御飯さん、そんなことを考えてたんですね……月夜見坂さんは？」

「オレか？　オレは………うーん？」

丸めたバイク雑誌で自分の頭をポンポンと叩いてから、月夜見坂さんはニヤリと好戦的な笑みを浮かべて、

「オレはまだ銀子に一発も入れられてねぇからな。アイツがプロになって女流から出てく前に勝つのが、目標って言やぁ目標だな！」

供御飯さんは、自分が成すべき仕事を持ち。

そして月夜見坂さんは、自分が倒すべき相手を持っていた。

「お二人とも、やっぱりしっかりした夢をお持ちなんですね。それに比べて俺は……」

「けどオメーには夢を託す存在があるじゃねーか」

「せや。弟子の成長を見守るいう、何よりも素敵な夢が」

「弟子………」

そうか。確かにその楽しみはある。

あいと天衣。あの二人がいずれタイトル戦で競い合う姿を見ることができたら……この気持ちも変わるのかもしれない。

うん！　プロ棋士としてはそこそこ頑張ってるが、師匠として俺はまだまだ未熟過ぎる。そ

こを伸ばす余地は十分にあるだろう。

とはいえ悩みが完全に消えるわけじゃない。

「けど現役（げんえき）のプロ棋士として、自分以外の存在に夢を託すのも――」

「いや違うだろ。オメーの夢はその先にあるはずだぜ！」

「その……先？」

月夜見坂さんは丸めた雑誌を持った手を窓の外に向かって伸ばすと、まだ見ぬ未来に向かって叫んだ。

「自分好みに育てた小学生と結婚するっていう夢を摑（つか）むんだろ⁉　どんなロリコンも成し遂げたことのねぇ、でっけぇ夢をよ！」

「それ夢じゃない！　犯罪だから！」

結局そのオチかよ！


……と思いつつも、三人で笑い合いながら、俺はこう思った。

三十年後か、四十年後かわからないけど……いつか引退するその日まで、こうしてこの人たちと笑い合える関係でいたい。

それもきっと、勝負師にとっては大切な夢の一つなんだと。

# 第二譜

## 『第1回九頭竜八一杯
## 竜王位防衛記念将棋大会』

この章は『りゅうおうのおしごと！９ドラマＣＤ付き限定特装版』に収録されたドラマＣＤの脚本を加筆・修正して小説化したものです。

ＪＳ研。

女子小学生による女子小学生のための将棋研究会、という意味だ。

この研究会が発足したのは、俺――九頭竜八一竜王が、初めて弟子に取ったのがたまたま女子小学生であり、その子がたまたま北陸に住んでいたため研修会に入るためたまたま大阪の俺の部屋で同居する必要があり、そしてたまたま将棋道場で出会った初めての棋友が同じ女子小学生であったことから自然な流れで俺の部屋で研究会を行うようになったのだ。七寸盤が二面に本榧の二寸盤も三面ある家なんてそんなに無いからね。仕方ないね。

そう。全てが偶然の産物だ。

「つまり世間が言ってるように俺が将棋道場で好みの女子小学生を見繕って家に集めて研究会という名のＪＳキャバクラをやってるなんて誹謗中傷もいいとこってことなんですよ！　わかります？」

「ほう」

「あっ！　全く信じてませんね⁉　じゃあ証拠を見せますよ！」

俺は手元のタブレットを操作する。

立ち上げたのは棋譜管理アプリだ。

「この棋譜がJS研を初めてやった時の、あの子たちの将棋です。そしてこっちが最新の研究会で指した棋譜。ほら！　あいの成長は別格としても、澪ちゃんと綾乃ちゃんは順調に強くなってるでしょ⁉」

俺たち棋士は、言葉よりもこの棋譜……将棋で指した手を数字と記号で記録した、音楽でいう楽譜のようなもののほうが多くの情報を伝えることができる。

百万の言葉を並べるよりも一枚の棋譜のほうが俺の言いたいことが伝わるはず。

そんな棋譜が、このタブレットには何百と収められている。

これ以上ないほどの明確な証拠だ。

しかしそれを突きつけられても、俺の隣に腰掛けるその女性は、二つ名に含まれた『雪』という字を体現したかのような冷たい視線のまま短くこう応じた。

「ほう」

「そして誰よりも成長してるのがこの子！　シャルちゃんです！　最初に俺の指導を受けた時は八枚落ちでも勝てませんでしたが、こうやって毎週ちょっとずつ強くなっていって――」

「小学生の棋譜を全部保存してるの？」

「そうですよ！　偉大でしょ⁉　教育者として俺がどれだけ真面目に取り組んでるか、これで一目瞭然じゃないですか！」

「ううん。ひたすらキモい」

「ぐッ……‼」

俺は歯を食い縛って批判に耐えた。

我慢しろ……あの目的を達成するためには、ここは忍耐。いずれ形勢逆転のタイミングが来るまでは、こうして忍耐の手を指し続けるんだ……。

「……わかりました。じゃあ研究会の様子が普段どんな感じか、包み隠さず伝えます。そうすれば理解してもらえるはずですから。俺がどれだけ――」

「女子小学生だけを愛しているかを？」

「だから違うって言ってるでしょぉ⁉」

☖

「はーい、みんな注目ぅー」

パンパン！　と手を叩いて小学生たちの注目を集める。

もう慣れたもんだ。

集中力を欠きがちな子供の注意を引きつける絶妙なタイミングで手を叩くことや、彼女たちが不快に思わない絶妙な大きさの音を出すことも。

「じゃあ今日は『歩の突き捨て』について勉強しまーす」

「「はぁーい」」

四人の女子小学生が一斉に返事をする。

声は揃っているものの、ちょっとダラけた感じだ。ここ最近どうも集中力を欠いている……そんな感じが声を通して伝わってきた。

一般的に、女子小学生は勤勉だ。

同年代の男子よりも集中して物事に取り組むことができる。俺もそうだったが、男子というのはどうしても頭よりも身体を動かしたがる傾向があるからね。加えてこの年代では女子のほうが早く成長期が訪れるため、全体的に大人びているという事情もある。

俺は女子小学生に詳しいんだ。

だからこういう時にどんな授業をすればいいかも見当がつく。

「みんな、突き捨ては知ってるかな？」

「そんなの当たり前じゃーん！」

真っ先にそう言ったのは水越澪ちゃん。

活発で、リーダー気質。

そしてここにいる四人の中では最も長く将棋をやっている。

そんな澪ちゃんは「ふふん」と腕組みして俺の質問を鼻で笑うような態度を取った。いわゆる『メスガキ』とはちょっと違うが、その素質はある。

「くじゅるー先生、澪たちのこと、ちょっとバカにしすぎなんじゃないっすかー？」

「言葉で説明できる？」

「え？　その……歩を突いて捨てることだよ！」

澪ちゃんは急に動揺して、説明になってない説明をする。

「それ、説明になってないです」

ビシリと横から指摘したのは、貞任綾乃ちゃんだ。

小学生にして早くも知的なオーラを放つ眼鏡幼女である。

他人に対してオドオドしちゃう部分もあるけど、一番の親友である澪ちゃんに対してはこうして鋭く突っ込む面も。

そして、澪ちゃんが「あう……」と凹んだところですかさずフォローに回るのが、俺の優しい一番弟子だ。

「うーん……やれって言われれば簡単にできるけど、言葉で説明しようとすると難しいね。わたしもすぐには答えが出てこないや……」

そう言って首を傾げる雛鶴あい。

四人の中では一番遅くに将棋を始めたけど、圧倒的なスピードで研修会を卒業して女流棋士になった超天才幼女だ。

才能と棋力は他の子と比べものにならない……が、即席栽培なのは否めないので、こういう基本的な知識がスコーンと抜けていたりもする。

　そんなみんなの反応を見てから俺は正解を説明した。

「突き捨てというのは、歩を使った手筋の一つだね。言葉で説明すると『自陣の歩を相手の駒の前まで進めていって、無償で取らせること』を意味する。相手の歩を一つ浮かせたりして、敵陣に隙を作るのが目的なんだよ」

「そ、そうそう！　澪もそう言いたかったんだよー」

「『開戦は歩の突き捨てから』って言ったりしますよね！」

　澪ちゃんとあいが揃ってそう言った。綾乃ちゃんは無言でノートを取っている。

　しかし、だ。

　即座に了解した三人とは全く別の反応をする幼女が一人いた。

　この子こそが……ＪＳ研の最難関にして最強の存在！

「ふぇー？　しゃう、ちちょがなぃいってるか、よくわかんないんだよー？」

　ほよほよと、まるでタンポポの綿毛のように部屋の中をあっちへ行ったりこっちへ行ったりしながら、シャルロット・イゾアールちゃんは首を傾げる。

　そして最終的には俺の膝の上に落ち着いた。

　……かつてはこんな体勢を取るだけで内弟子がキレまくってたんだが、慣れというのは恐ろしい。あいは特に何も言わない。

「じゃあ具体的に盤駒を使って説明してみようか」

シャルちゃんを膝に載せた状態で将棋盤を自分の前に引き寄せると、俺は駒を並べて、ある局面を作った。

「たとえばこういう状況。お互いの歩が前進して、ぶつかる寸前になってる」

盤を覗き込む綾乃ちゃんは眼鏡を輝かせながら頷いて、

「よくある状況です」

「居飛車党にはお馴染みの状況だね」

あいも頷く。

局面を詳しく説明すると、こうだ。

俺は居飛車側を持ち、飛車は2筋に鎮座している。

そして歩が前進し、敵の歩と向かい合っている。

まさにこれから開戦！　って状況だ。

問題は――

「2筋、3筋、4筋。さあ、どの筋の歩を最初に突くべきかな⁉」

シャルちゃんが即答した。

「にしゅじ」

「力強く」

俺は思わずそう言ってしまう。ちなみにこの「力強く」は、予想外の答えが来て動揺したのを隠すために出た言葉だ。

あいも困ったように言う。

「しゃ、シャルちゃん……その手は、ちょっと……」

「おー？」

自分の答えの何が悪かったかさっぱり理解していないシャルちゃんだったが、

「どうして？　飛車先の歩が切れるから悪い手じゃないっしょ？」

澪ちゃんも綾乃ちゃんも、この手の何が悪かったのか理解できていないようだ。

確かにちょっと難しかったかもしれない。

何故なら……シャルちゃんの言った手は、最も価値の高い手。

つまり好手なのだから。

「そう。この場合、２筋には飛車がいるよね？」

俺は先手と後手の歩をそれぞれ駒台に置いて飛車を走らせる。

「だから２筋の歩を突き捨てても、すぐに後ろに控えてる飛車を走れば歩を取り返すことができて、おまけに飛車も敵陣に迫れて一石二鳥。つまり飛車の前の歩が一番価値が高い」

「「……？」」

何が言いたいのか理解できない様子の三人に、俺はさらに説明する。

「次は3筋で、その次が4筋。そしてこういう場合は最も価値の低い4筋から突いていくのがいいんだ」

「「ええー!?」」

うむうむ。いい驚きっぷりである。

これでちょっとは将棋に興味が戻ったかな？

「あい。どうしてか説明できるか？」

「はい師匠」

優秀な内弟子は頷くと、

「厳しい部分の突き捨ては、後回しにしてもいずれ必ずそこが争点になるからです。でも重要じゃない部分は、手抜かれてしまうと突き捨てるタイミングがなくなってしまうかもしれません。だから重要じゃない部分の突き捨てを先にしたほうがいいんだと思います」

「その通り」

満点の解答だけど、俺は笑ったりせず厳しい表情のまま頷いた。

もう女流棋士になってるあいなら答えられて当然だし、他の子たちの前で自分の弟子だけを過剰に褒めるのは、あいにも他の子たちにも悪影響。女の子は男の子よりも、依怙贔屓(えこひいき)とかそういうのに敏感だからね。

俺は女子小学生に詳しいんだ（二度目）。

「突き捨ては価値の低い順から。これは憶えておいてね！」

多くの局面で応用できる大事なテクニックである。

どうだ⁉

こういうの聞いたら、すぐに実戦で使ってみたくならないか⁉

しかし――

「へいへーい」

「ですー」

「おー」

澪ちゃんは、両足を畳に投げ出してブラブラさせながら。

綾乃ちゃんはノートを書くのにいっぱいいっぱいで盤は全く見ずに。

そしてシャルちゃんは、笑顔いっぱいなのはいいけど本当に理解しているのか心底怪しくなる感じで、返事をした。

う、薄い……。

反応が……薄い……。

最初から突き捨ての概念を理解している澪ちゃんと綾乃ちゃんはいいとして、シャルちゃんはそこからもう怪しいからな……まあでも外国の子だから、日本語での説明をちゃんと聞くことができるだけでもすごいことなんだけど。

俺がフランス語を喋(しゃべ)ることができたら、もうちょっと上手(うま)く教えられるんだろうか？

いや、そもそも澪ちゃんと綾乃ちゃんのやる気を引き出せない段階で、言葉が問題じゃないことは証明されている。問題は俺の教え方にある。

指導者としての自分の力量不足を痛感するな……。

……って反省するのは後からでもできる。

今はこの研究会の時間を少しでも有意義なものにするために、俺がＪＳたちを鼓舞しなければ！

「みんな！　さっきから返事がだらしないぞ？　小技に見えるかもしれないけど、これは実戦でもよく使う重要なテクニックなんだからな？」

「んなこと言ったってさー。モチベーションが上がんないんだよねー」

「もてぃー？」

シャルちゃんは急に出てきた言葉に目を輝かせる。

「しゃう、もてぃしゅきだおー？」

「おもちじゃなくて、モチベーションです」

「もちたべゆーん？」

「も・ち・べー・しょん！　てかこれ、日本語じゃなくて外国の言葉だよね？　シャルちゃん本当にわかんないの？」

「……きなこもてぃー？」

アカン。お腹が減ってもうお餅のことしか考えられなくなってる。

「あはは。要するに、やる気が起きないってことだよ」

「おー」

あいが綺麗にまとめてくれてシャルちゃんにもようやく伝わったようだ。

もっともシャルちゃんは、単にお餅が食べたくなって口数が少なくなっただけの可能性も高いが……。

「餅の話は置いといてさ！　つまり澪が言いたいのはこういうことなんだよ！」

澪ちゃんは唇を尖らせて、

「最近のＪＳ研はさー、くずにゅー先生の講座を聞いてから同じメンバーで練習将棋を指しての繰り返しでしょ？　研修会もだいたい決まったメンバーと当たるし、刺激が少ないんだよね！　澪はもっと真剣勝負がしたいんだよー」

その言い分はわからなくもない。

「うーん……確かに俺たちプロ棋士も、公式戦の予定が入ってからでないと本気出して研究もやらなかったりするけども……」

「でしょでしょ⁉　プロだってそうなんだから、アマチュアで小学生の澪たちだったらダラけちゃうのもしかたないよね！」

「自分で言うのもどうかと思うです……けど、確かに最近、昔みたいにやる気が起きないです。研修会でも停滞してるし……です」

ションボリする綾乃ちゃん。

「しゃうね？　おしょーがちゅにおもてぃたべしゅぎて、あきちゃったんだよー？」

やはりシャルちゃんはお餅のことを考え続けていたようだ。かわいい！

澪ちゃんはあいに話を振る。

「あいちゃんは下がったりしないの？　モチベーションがさ！」

「わたしは来月、女流の公式戦があるから……」

「そっかー。あいちゃんはいいなー」

「け、けど女流棋士の公式戦って、すごく数が少ないんだよ？　勝てばいいけど、負けちゃうとそれこそ二ヶ月に一局くらいしか手合いが付かなくて……」

対局が少ないことの弊害は、収入面もそうだが、第一は実戦経験を積めなくて成長が止まってしまうことだ。

そんな事情もあって、女流棋士になる条件を満たしているのに申請を見送るというパターンも最近は増えつつある。

超短期間で強くなったため実戦経験が極端に少ないあいにとっても難しい問題で、これには俺も常に頭を悩ませているんだが……。

「それを聞くと、女流棋士って大変だと思うです。研修会は一ヵ月に二回あるですし、一度の例会で四局指せるですし……」

綾乃ちゃんがそう言えば、澪ちゃんも深刻そうな顔をして、

「研修生はアマチュアの大会にも出られるけど、あいちゃんはもう女流棋士だから、澪たちと一緒に大会にも出られないしねー」

その時だった。

「しゃう、しょーぎたいかいね？　でたことないんだよー」

「「え⁉」」

シャルちゃんの発言に、みんなビックリ仰天だ。

澪ちゃんは信じられないといった表情で反射的に尋ねる。

「大会に出たことない？　ウソでしょ？」

「ないよー？」

ふるふると金色の頭を横に振るシャルちゃん。

「あやのん、マジでそうなの？」

「はいです。シャルちゃんは、京都で通ってるお教室とか、関西将棋会館の道場とかで行われる小さなトーナメントに出たことはあるです。けど、何十人何百人と集まる大会には確かに出たことがないのです」

シャルちゃんが将棋を始めた時から一緒の教室に通っている綾乃ちゃんが言うなら間違いないだろう。

「たいかいって、おもちよいの？」

「やっぱ盛り上がるよね！　個人戦はもちろんだけど、団体戦とかさ！」

「だ、団体戦……うちは緊張で吐きそうになっちゃうですけど…………でも、やっぱり大会に向けて練習するときは棋力が上がる感じがするです！」

ふーむ……。

「大会……ねぇ」

俺は顎を撫でながら呟いた。

モチベーションを上げる手段としては有効だろう。子供はみんな将棋大会が大好きだ。

あいが記憶を辿るように上を向きながら言う。

「わたしも、そういうのってマイナビ女子オープンのチャレンジマッチとか予選とかでしか経験してない……かな？」

「それは大会とは別次元だよね」

「そこまでいくともう正式な女流棋戦です」

すかさず澪ちゃんと綾乃ちゃんが突っ込む。あいは簡単に言うけど、チャレンジマッチだってそうそう出られるものじゃない。アマチュア小学生で出場してしまう姉弟子や天衣やあいが異常なのだ。

「そっかぁ」

自分の異常性に気づいていないあいは軽い感じで納得すると、

「師匠はアマチュアの大会に出場したこと、あるんです？」

「そりゃもちろん」

考えるのを中断して俺は答えた。

「そもそも俺は小学生名人戦に出て優勝してるし、奨励会に入る前はそれこそ姉弟子と一緒に日本中のアマ大会に出て腕を磨いたもんだよ」

「ふーん…………あいとは大会に出たことないのに、おばさんとはいっぱい出てるんだ。ふーん……」

あれ？

急に部屋の空気が……？

「い、いや……あいと一緒にアマ大会には出られないでしょ？　俺はもうプロ棋士になってたんだから……」

「そもそもあいちゃんは短期間に強くなりすぎたよね……」

「未来に生きてるです……」

今まであいは女流棋士になるため脇目（わきめ）もふらず最短距離で突っ走ってきた。

そのために取りこぼしてきたものも多い。

たとえば……勝負ではなく、純粋にゲームとして将棋を楽しむ機会とか。

「ねーねーちちょー」

膝の上で天使がおねだりをする。

「しゃうも、たいかいにでたいんだよー？」

すると今度は内弟子も俺の膝に乗ってきて、

「あいも！　あいも大会に出たいです！　できれば師匠と一緒の大会に!!」

えええええ⁉

「そ、そんなこと言われてもなぁ……いくら俺が竜王だからって、将棋界のルールをねじ曲げるわけには……女流棋士のあいが出られるアマチュア大会で、しかも俺もその大会に関わるなんて……」

将棋界の慣習に疎いがゆえに無理難題をふっかけてくる愛弟子と未来の嫁。

その瞬間、閃くものがあった。

「あっ！　いや待てよ？　…………そうか……その手があるな……」

「師匠？　何か思いついたんですか？」

「うん。あいのために大会を開いてあげられるいい方法があるんだ。けどまだ内緒だね」

やっぱり将棋でも何でも、いい手ってのは追い詰められた瞬間に浮かぶものだ。

「盤駒は連盟から借りればいい。場所はあそこを使うとして……必要なのは審判と、受付と、あとは早く負けた子のための指導対局も…………大会の名前をあれにすれば参加者も集まるし、俺がいても不自然じゃないし…………」

「…………」

指を折りながら、俺はクリアすべき項目を一つずつ潰していく。

……うん。大丈夫そうだ。

この方法なら俺とＪＳ研のみんなが楽しめる大会を開けるはず……！

そんな師匠の様子を不思議そうに見ていたあいは、覚悟を決めたような表情で、こう言った。

「……えっちな方法なんですか？」

「違うから！」

☗

「……で、この後の展開は姉弟子も知ってるでしょ？」

関西将棋会館一階のレストラン『トゥエルブ』。

修業時代から通い続けるこの店の中央にある蹄鉄型のカウンター席に隣り合って座る銀髪の美少女に向かって、俺は言った。

「そうね。大変だったわぁ」

空銀子女流二冠は何かを思い出すときの癖で、言葉の最後を少し伸ばす。

「八一が自分の汚れた欲望のために神聖な将棋大会を利用しようとするから、その片棒を担がされて大変だったわぁ」

「人聞きの悪いこと言わないでくださいよ！」

俺はカウンターテーブルを拳で叩きながら姉弟子の言葉を否定した。

「そもそも俺はごく普通の将棋大会を開くつもりだったんですよ！　それが、あんたたちに協力をお願いしたばっかりに、あんなことに……!!」

☖

ＪＳ研をアパートで開いた、その翌日。

すぐに俺は構想を実現すべく、必要な人手を確保するために動き出した。

「『将棋大会を開くぅ？』」

「そう。俺たちでね」

アパートのある福島から環状線で一駅隣の野田。

駅から徒歩約二分の清滝家で、俺は桂香さんと姉弟子に自分の考えを伝えていた。

「ほら、プロ棋士が昇段したりタイトルを獲ったりすると、記念に将棋大会を開催したりするじゃん?」

『○○四段プロ入り記念将棋大会』とか『○○新竜王初タイトル獲得祝賀将棋大会』とか、そういうやつだ。

大抵は祝賀会とセットで行われる。

だから姉弟子が疑問の声を上げるのも当然だった。

「最初に竜王を獲った時は開かなかったのに、今さらどうして?」

「いや〜。実はＪＳ研のみんなが『大会とかが無いとモチベーションが維持できない!』って言っててさぁ〜」

「……」

「けど普通のアマチュア大会だと、プロはもちろん、女流棋士とか奨励会員も出場できないでしょ?」

厳しい目を向け続ける姉弟子とは違い、桂香さんは理解を示してくれる。

「確かに澪ちゃんや綾乃ちゃんみたいな研修生ならアマ大会に出られるけど、あいちゃんはもう出られないわね」

「どっちのあいもアマの大会に出たことがないからさ。ちょっと可哀想な気がしてね」

「あっちのあいちゃんの方は、別にアマ大会なんて出たくないって言いそうだけど」

　桂香さんが言う『あっちのあい』とは夜叉神（やしゃじん）天衣のことだ。

　確かに極端に他人と馴れ合うことを嫌う天衣にとってアマチュアの大会なんぞ何の興味もないだろう。

　けど、天衣もアマ大会に出た経験は多分ない。

　女流棋士は審判や指導者として大会運営に携わる機会もあるから、参加者として雰囲気を体験しておくのは無駄にはならないだろう。

　これも大切なお仕事と思って参加してもらう予定だ。

「それにシャルちゃんもまだ一度も大きな大会に出たことがないって言うし、ならいっそ俺が大会を開いちゃおうって！　どうこの発想？　天才じゃない？」

「チッ……結局、小学生におねだりされたからじゃない……！」

「ん？　姉弟子、何か言いました？」

「くたばれロリコン。幼女に挟まれて頓死（とんし）しろ」

「なぜ罵倒!?」

「ま、まあまあ二人とも……」

　煎餅の入った容器を俺たちの前に押し出しながら桂香さんは言う。

「でも、いい考えだと思うわ。記念大会なら正式なアマ大会ってわけじゃないから、プロや女流棋士が出場したっていいし。むしろその方が華やかで盛り上がるもの。それに今の八一くんが開くっていえば、並のアマ大会より人数も集まるだろうしね」

「でしょでしょ⁉　桂香さんならわかってくれると思ったよー」

　盛り上がりかけた俺たちに《浪速の白雪姫》が氷水をぶっかける。

「棋力が違いすぎるわよ？　成立しないでしょ」

「そこは適正な手合いを考えればいいかなって。有段者が相手なら角落ち、級位者が相手なら飛車落ちか二枚落ちで、とかさ。どう？　やれそうじゃない？」

「……で、私と桂香さんに手伝わせようって？」

「頼みますよぉ〜。もちろん経費は全部俺が持つし、お二人には些少ながら報酬もご用意いたしますので……」

　俺は二人に手を合わせる。

　大会ってのは、出るのは楽しい。メチャ楽しい。

　けど運営側は大変でしかない。他人が楽しそうに将棋を指しているのを目の前で見ながら別の仕事をしなきゃいけないんだから当然だ。

　そんな面倒事を引き受けてくれるのは一門しかいない！

「まあ……私みたいな新人の女流棋士は対局も少ないから、こういうお仕事をいただけるのは助かるんだけど……」

　桂香さんは隣に座る銀色の爆弾を気にしながらも、引き受けてくれた。

で、爆弾の返事は――

「私も別にいいわよ」

「「えっ！」」

マジで⁉　今までの塩対応は何だったの？

この反応には桂香さんも驚きを隠せない様子だ。

「い、いいの銀子ちゃん？」

「もちろん。断る理由も無いし」

「ホントですか姉弟子⁉」

「私だって小さい頃は大会に出ることで自信をつけたもの。それに関東に比べて関西は大会も少なくて苦労したし、後輩たちのために今度は自分がそういう場を作ってあげることも大切でしょ？」

「そうそう！　俺が言いたいのもそういうことなんですよ！」

姉弟子にもあったんだ！

後輩を思いやるという、人間らしい心が……！

「俺だって別に、自分の弟子や嫁……じゃなかった、シャルちゃんがかわいいから言ってるんじゃないんです。もっと大局的な視点から、将棋界の将来のために提案してるんです！　決してお気に入りのＪＳを喜ばしてもっと懐いてもらおうとか思ってやってるわけじゃないんですよ！」

　ボキボキッ。

「あ、姉弟子？　今のは何の音ですか？」

「いやでも手を叩いているというより拳を固めてるようにしか見えないんだけど……」

「拍手よ」

「私の地元ではこうやって拍手するのよ」

　いやな地元だな。修羅の国か？

「懐かしいわねぇ……」

　緑茶を啜りながら桂香さんが言う。

「あなたたち二人が子ども大会だけじゃなくて日本全国の大人の大会も荒らし回ったおかげでどのアマ大会も出禁になったから、仕方なく奨励会に入ることになったのよね。お父さんはもう少し後で奨励会に入れるつもりだったんだけど……」

「えっ？　そんなことあったっけ？」

「むしろ歓迎されてたわよね？　私たち。どこに行っても大人たちが本気で相手してくれてたし」

「そうそう。俺たちに負けると泣くほど悔しがるくらい本気で戦ってくれてたしね」

「はぁ……これだから将棋星人の方々は……」

いやー、日本全国どこでも二人で行ったなぁ。

あの楽しい武者修行を思い出すと、やっぱり自分の弟子たちにも同じような経験をさせてあげたいって思っちゃうな！

「会場や盤駒の手配なんかは俺がやりますんで、お二人には出場者の募集とか大会の告知とかをお願いします！」

当日までにやることはリストアップしてある。

「それから大会当日の手合い付けとか、あとできれば早く負けちゃった子のために指導対局なんかも……」

「なかなか大変そうね」

桂香さんは気合いを入れるかのように髪を括り直して、

「けど、八一くんやあいちゃんたちのためだもの。がんばっちゃうわ！　ね、銀子ちゃん？」

「ええ。戦艦大和に乗ったつもりで任せなさい」

「わぁ！　すげー強そうですねそれ！　ありがとうございます！」

「どういたしまして。ふふふ……ふふふふふ……」

心の底から楽しそうに笑う姉弟子。

《浪速の白雪姫》のこの笑顔があれば大会の成功は確約されたみたいなもんだぜ！

……なーんて脳天気に喜んでた自分を、今は殺してやりたい。

歴史に疎い俺は知るよしもなかった。

最強とうたわれた戦艦大和が…………どれだけ悲惨な最期を迎えたかを。


「はぁー…………」

姉弟子が席を外したタイミングで俺は大きく深呼吸する。

この後の展開を思い出すのは……あのとんでもない将棋大会のことを振り返るのは、気が重い作業だ。

じゃあ忘れられるかと言われれば、忘れられるわけがない。

俺の名前を冠したあの大会は……酷いもんだった。九頭竜八一という名前に、決して消えない汚点を残した。

とはいえ悪いことばかりじゃない。

他の将棋大会と同じく、感動的なこともあった。

子供たちの成長……親しい友人同士の熱い戦い……そして、予想外の人物との再会……。

「ただいま」

「勝手に注文しておきましたよ。オレンジジュースとソーセージの盛り合わせでよかったですか？」

「気が利くじゃない」

「ま、一応この前の大会のお礼と打ち上げを兼ねての席ですからね」

「よく働いたもんね。私」

「…………ええ。本当に……」

☖

それからは毎日が矢のように過ぎていった。

タイトル保持者として対局や公務をしつつ大会の準備もするというのは想像以上にハードで、多くの部分を姉弟子と桂香さんに任せてしまっていた……。

ただこれは姉弟子が「八一は忙しいでしょ？　任せてくれていいから」と俺が忙しいタイミングで声をかけてくれたので「それじゃあ……」と仕事をお願いしてしまった面もある。どうして毎回あんなにもドンピシャで俺が忙しいタイミングに声をかけられるのか。まるで韓流ドラマのようなタイミングのよさ……姉弟子もタイトルを持ってるから、それで忙しいタイミングが予想できるのかな？

さすがに会場の予約や盤駒の配送手続きなんかは俺が自分でやったが、告知や当日の進行などについては姉弟子に丸投げ。俺は確認すらしなかった。

それというのも将棋大会の運営についてはフォーマットが出来上がっており、四歳から大会に出てた姉弟子ならミスなんて絶対にしないという信頼感があったからだ。

そしていよいよ大会当日。

「うっわぁ～！　すっごくたくさん集まったね！」

「しゃう、わくわくしゅゆんだよー！」

「こんなにも大きな大会が開けるなんて……九頭竜先生は、やっぱりすごいのです！」

澪ちゃん、シャルちゃん、綾乃ちゃんは興奮の面持ちで大会が始まるのを今か今かと待ち構えている。

そんな様子を舞台袖からこっそり覗き見ながら、俺は満足していた。

大会会場になった体育館にはＪＳ研のメンバーだけじゃなく、他にも多くの参加者が訪れてくれている。大盛況だ。

これならみんなのモチベーションも上がるだろう。

俺自身も胸が熱くなるのを感じていた。

なにせ自分の名前を冠した初めての大会だ。

それにこれだけの人数が集まってくれたことで、何だか自分自身が人気者になったような、そんな気持ちになっていた…………って、あれ？

何だかおかしいぞ？

参加者の性別や年齢層に偏りがあるように見えるんだが……？

「あ！　天ちゃん！」

会場では、あいが顔見知りの参加者を発見して手を振っている。

「それに飛鳥さんも！　二人とも大会に出るの？」

「なぜか空銀子から案内が来て……師匠の記念大会なら出るのが義務かと思って来てみたんだけど、何なのこの騒ぎは？」

「す、すごい数の人だよね…………優勝するの、たいへん…………」

実家が将棋道場併設型の銭湯という、おそらく世界で唯一の営業形態（しかも店主がＡ級棋士）のお店を切り盛りしている生石飛鳥ちゃんから見ても、今回の大会の規模は驚くほどのもののようだ。

「どう八一？　なかなか立派な大会になったと思わない？」

だから姉弟子が俺に胸を張るのもわかる。

わかるんだが……。

「ええ。正直ここまで立派な大会になるとは思いませんでした。それについては感謝してます。

公式戦や免状署名や普及の仕事でほとんど手伝えなかった俺は本当に姉弟子と桂香さんには頭

が上がらないです」

「どういたしまして」

「けど！　明らかにおかしい部分が多々ある！」

そう。この大会はおかしい。

そしておかしいのは……全て姉弟子に任せきりにした部分なのだ！

「まず大会の名前！」

「はぁ？『第一回九頭竜八一杯竜王位防衛記念将棋大会』。確かに少し長いけど、こんなものでしょ？」

「問題はその後です！」

「『第一回九頭竜八一杯竜王位防衛記念将棋大会　～竜王獲ったので調子に乗って幼女を集めて将棋大会を開いてみました～』これのどこがいけないの？　事実でしょ？」

「いけないよ！　何なんですかこの異世界転生漫画みたいなサブタイトルは⁉　これじゃ事実じゃなくて事案だよ！」

「出場資格は『九頭竜竜王より年下の女子。小学生は出場無料・お菓子のプレゼント付き』でよかったわよね？」

「どうして女子限定なのさ⁉」

この参加者の偏りは貴様のせいだったのか！

もう、全部女の子。体育館にみっしり詰まった大会参加者は、どの子を見てもピチピチの女子小学生ばかりなのだ。

高校生の飛鳥ちゃんが肩身狭そうな感じなわけだよ！

「しかも小学生に限って無料でお菓子もプレゼントするなんて、俺が女子小学生を集めるために大会を開いた幼女が大好きな変態ロリコン野郎と思われちゃうでしょ⁉」

「それは大丈夫よ」

「なぜそう言いきれるんです⁉」

「もうとっくにそう思われてるもの」

あんたがこうやってそういう噂を広めるからだろ⁉

本日の手合い係兼司会進行役をつとめる桂香さんはこの後の出番に備えて台本を確認しながら、まるで他人事のようにこう言った。

「まあ子供の出場無料の大会とか普通にあるけど……それを女子に限定しちゃうと途端にロリコンっぽくなるところが、八一くんの人徳よねぇ」

そんな徳を積んだ憶えはない！

「けどお菓子プレゼントはよかったでしょ？　そのおかげでこれだけの幼女を集められたわけだし」

「集客層を幼女に限定しなければもっと集まったってことですよねぇ⁉」

「あっ、そうそう。賞品もすごく魅力的なものを用意したのよ？」

その賞品が展示されている長机の前には、小学生たちがまるでイワシの大群みたいに群れ集まっている。

「そ、空女流二冠の直筆扇子⁉」

「こっちは《浪速の白雪姫》とお揃いの、雪の結晶のブローチ！　どこを探しても売り切れなのに……！」

「ええ⁉　これって九頭竜竜王がタイトル戦で書いた封じ手用紙⁉　オークションで買ったら何万円もするよ⁉」

確かに豪華だ。子供たちの目の色が違う。

入賞するだけでもこれだけ豪華な賞品がもらえるのだとしたら――

「ち、ちなみに……優勝賞品は……？」

「九頭竜八一竜王が竜王位防衛を決めた時に書いた色紙よ」

「俺の色紙？」

ちょっと拍子抜けだ。

タイトル保持者の色紙は五〇〇〇円が相場。タイトル戦で勝った時に書いたというプレミアムな部分を加味しても、姉弟子の直筆扇子よりはかなり価値が劣る。

「揮毫が独特だから話題になると思うわ」

「って言われても、ああいう時はいっぱい書くし……何て書いてある色紙なんですか？」

「『次の目標は女子の婚姻年齢を六歳まで下げること』って書いてある色紙よ」

「どんな目標だよ⁉」

将棋と関係なさすぎる！　普通は『次も防衛して三連覇を目指します！』とか書くだろ⁉

今すぐ走って行って焼き捨てたいが、既にスマホで写真を撮っている子供も複数いる。ネット上にアップされるのも時間の問題だろう。

ちょっとやめてー！

「書いてない！　あんなの一度も書いた憶えが無い！」

「八一が心の中で訴えていたことを敏感に感じ取った私が代わりに書いてあげたの」

「それつまり偽造ってことですよねぇ⁉」

「八一……あなたのことは、私が一番よくわかってるから……」

「さっきから何なんですか⁉　ちっくしょー！　最初から俺の大会をブチ壊すのが目的だったんだな⁉」

「副賞は『九頭竜八一竜王の新しい内弟子にしてもらえる権利（最初の弟子は飽きたからお払い箱）』でよかったわよね？」

「ひぃぃぃぃぃぃぃぃぃぃぃぃ！」

ヤバいのは括弧！　括弧書きの部分‼

　これは自分の死刑執行許可証にサインをしたくらいの大悪手だ。俺がいくら否定しようと、一度でもこの文字列が世間に出てしまった段階で、死刑は必ず執行される。

　他ならぬ最初の弟子の手によって……。

　それではここで会場の皆さんの反応をご覧いただこう。

「なるほどねぇ。記念大会とか言っておいて、本当は新しい才能を見極めるための試験だったってわけね！　面白いじゃない」

　天衣はニヤリと好戦的な笑みを浮かべ、

「わ、わたしでも………勝てば、八一くんの弟子にしてもらえるの……？　が、がんばらないと……！」

　飛鳥ちゃんは両手をぐっと握り締める。あなたは普通にお父さんの弟子になってください俺が生石さんに殺されるから！

「澪はもう師匠がいるからあんま関係ないけど、くじゅるー先生の弟子になりたいって女の子、けっこういっぱいいるみたいだね！」

「それ目当てで参加してる子ばかりです。二人の弟子が史上最年少で女流棋士になってるですし、その人気も当然だと思うですけど……」

　澪ちゃんと綾乃ちゃんは、他の小学生たちよりも遥かに冷静だ。

　そして肝心の『最初の弟子』の反応は――

「最初の弟子に飽きたからお払い箱って……それ、あいのことだよね？　あいのために大会を開いてくれるって言ってたのに……えっちな方法じゃないって言ってたのに……しょうの嘘(うそ)つき嘘つき嘘つき嘘つき嘘つき嘘つき嘘つき嘘つき嘘つき嘘つき嘘つき嘘つき嘘つき嘘つき嘘つき嘘つき嘘つき嘘嘘嘘嘘嘘嘘嘘嘘嘘嘘………………」

対局の終盤で相手を容赦なく叩き潰す時と同じ状態になってるじゃんやだー!!

そんな中でもシャルちゃんだけは、俺の弟子の座を狙(ねら)う女子小学生たちに向かって「しゃうね？　しゃうね？　ちちょのおよめたんなんだよー！」と嬉(うれ)しそうに言って、場を混乱させていた。

もう気軽に会場へ顔を出すこともできなくなった俺は舞台袖で姉弟子に詰め寄る。

「ほら見てよ大変なことになってるじゃん！　どうしてくれるんですか!?　どうにかしてくださいよ！　そうしないと俺があいにどうにかされちゃうよ！」

「落ち着きなさい。もう大会の始まる時間よ」

わざとらしく時計を見ながら姉弟子は言った。

会場のザワザワした感じが収まり、桂香さんがマイクを通して喋(しゃべ)り始める。

「お集まりの幼女・少女の皆様。本日は『第一回九頭竜八一杯竜王位防衛記念将棋大会　～竜王獲ったので調子に乗って幼女を集めて将棋大会を開いてみました～』にご参加いただき、大変ありがとうございます」

最初の挨拶から大会の名前にいたるまでツッコミどころしかないのに、誰も何も言わない。

おかしい……こんな大会間違ってる……。

「ではまず、本大会の主催者であり大会委員長をつとめます九頭竜八一竜王へ、感謝のご挨拶をしたいと思います」

感謝の挨拶⁉　何だそれ⁉

「参加者の皆様は『だいすきだよ！　やいちおにーちゃん♥』とご唱和ください」

「「「だいすきだよ！　やいちおにーちゃん♥」」」

嬉しいけど嬉しくねぇぇぇぇぇぇぇぇぇぇぇぇ！

「……ごめんなさい、八一くん…………私にはどうすることも……どうすることもできなかったのよ……」

マイクのスイッチを一瞬オフにした桂香さんは、ハンカチでそっと目頭を拭った。

しかしそこはプロ。

すぐに切り替えてサクサクと進行を再開する。

「続きまして、大会副委員長兼審判長である空銀子女流二冠より、運営についての諸注意がございます」

「どうも」

将棋を指す全ての女子の憧れである《浪速の白雪姫》の登場に、会場の熱気はまた一段階上へとギアを変えた。

趣旨さえ普通ならものすごくいい大会になったんだろうなと思うと、悔やんでも悔やみきれない。

とはいえさすがに将棋のルールは普通だろうから、熱局が生まれる可能性は――

「今日の大会はトーナメント方式となります。負けた小学生はさっさと帰ってもらうことになりますが、九頭竜先生がご自宅にお持ち帰りしたいと思ったＪＳに限っては敗者復活があり得ます」

「ないない！　そんなルールないから！」

思わず舞台袖から叫んでしまった。あいの顔はもう怖くて見られない……。

「持ち時間はチェスクロックで十分。切れたら三十秒です」

俺の声などどそよ風とも思わず姉弟子は喋り続ける。

「また、勝負が決まらない場合は、審判員がどちらが優勢かを判定して対局を打ち切ることもあります」

これはアマチュアの大会ではよくあるルールだ。

将棋は一局の対戦時間がどうしても長くなるし、バラつきも出る。

スムーズな大会運営のためには途中で打ち切るのも止む無しなのだが……。

「なおこの場合、九頭竜先生は将棋の形勢よりも小学生の顔の好みで勝敗を決めることがあります」

「しないよそんなこと！」

「そうですね。間違えました」

さすがに反省したのか姉弟子は前言を翻し、

「対局の勝敗が時間内に付かない場合は、年齢が低い方の勝ちとします」

もっと間違えてんだろ銀子ぉぉぉぉぉぉぉ!!

それまで黙って聞いてた参加者たちも、前代未聞のルールに動揺を隠せない。最前列にいた一人が手を挙げている。

澪ちゃんだ。

「あ、あの！　どうしてそんな決め方をするんですか？　将棋の大会なのに……」

「理由は九頭竜先生が幼ければ幼いほど好きだからです」

「なるほどー！」

それで納得しないで澪ちゃん！　っていうか澪ちゃんは俺のことそんなふうに思ってたの⁉

「ふぇー？　どぉゆーことー？」

「要するにシャルちゃんがいちばん有利ということなのです」

「ししょう……やっぱり、あいに飽きてるんだ……新しい女の子がいいんだ……！」

あわわ。あわわわわ……。

「やれやれだわ。そういうところさえなければ尊敬できる師匠なんだけどね……」

こんなルール俺が決めるわけないだろと大声で反論してやりたいが、いつも冷静な天衣すら信じ切っている様子だ。

飛鳥ちゃんに至っては「わ、わたしは高齢だから……がんばらないと……！」と妙な気合いの入れ方をしている始末。

俺が姿を見せて反論したところで容易には信じてもらえないだろう。

目の前で自分が濡れ衣を着せられているのに反論すらできない……。

「最後になりますが、将棋は礼に始まって礼に終わる競技です。特に本日の記念将棋大会は、九頭竜先生に対する感謝もしっかり声に出すようにしましょう」

姉弟子はそう言って挨拶を締め括る。

そして一回戦の組み合わせが発表され、参加者はそれぞれ指定された盤の前へ。

いよいよ大会が始まる。

独特の緊張感に満たされた会場で、審判長でもある姉弟子は戦いの始まりを宣言した。

「それでは皆さん、対局を開始してください」

「「「だいすきだよ！　やいちおにーちゃん♥」」」

「やめてー！」

俺の叫び声はたくさんの駒音に掻き消された。

「あの大会のレギュレーションは好手だったわ」

オレンジジュースの最初の一口を実に美味そうに喉に流し込みながら、姉弟子は言った。

こやつ正気か……？

「だってそうでしょ？　私のおかげで八一の理想通りの将棋大会が実現できたのよ？」

「あれのどこが俺の理想ですか⁉　俺が開きたかったのは特定の年齢の幼女だけじゃなくて将棋が大好きな男の子もちゃんと出場できるごく普通の大会で——」

「いいのよ八一？　私の前でだけは、無理しなくても……自分じゃ表に出すのが気恥ずかしい欲望も、そうやって『姉弟子のせい』ってことにしたらいいもんね？　いいよ。受け止めてあげる」

「だから違うって言って…………はぁ。もういいですよ……」

俺は言葉を途中で飲み込むと、目の前のグラスに入った冷たいコーラを一気に半分くらい呷った。

「ん」

「……はい」

チンッ。

無口なマスターがそっとテーブルに置いてくれたソーセージの盛り合わせを挟んで、姉弟子がこっちに向かって軽く突き出したグラスに俺も自分のグラスを当てる。

二人とも未成年なのでジュースで乾杯だ。

「参加者のことだけならここまで言わない……いや、やっぱり言うけど！　けどもっと酷いのは対局規定のほうですよ！　みんなメチャ戸惑ってたし！」

「でも、おかげで特に混乱なくスムーズに進んだでしょ？」

「そこは否定しませんけど……」

アマチュア将棋大会の運営で最大の敵は『時間』だ。

一日に何局も指さないといけないため、時間内に終わらなかった対局は『引き分け』とし、その場合『両者負け』にすることもある。仕方がないとはいえ参加者からは不満が出るし、争いの原因にもなる。子供大会でこれになると、たいてい泣く。

それが今回は『年齢』という明確な判断基準があったことで普段の大会よりも運営自体はスムーズだった。だからって他で使われることは絶対にないだろうが……。

だが。

スムーズに進んでいるかのように見えた大会も……実際は、破滅の瞬間に向かって突き進んでいた。

あれが起動する瞬間は、刻一刻と迫っていたのだ。

姉弟子が大会規定の中に密かに忍ばせていた、時限爆弾が。

☖

「おうて～」

「あ、あうぅ…………負けましたです」

シャルちゃんの小さな手が盤の奥へと伸びて、綾乃ちゃんの玉を華麗に詰ました。

「やたー！　しゃう、たいかいではじめてかったんだよー！」

綾乃ちゃんが頭を下げると、シャルちゃんは礼も忘れて大喜びだ。

そんなシャルちゃんの姿に綾乃ちゃんも嫌な顔はせず、むしろ友達の初勝利を喜んでいるようだった。

「シャルちゃん、大会に出るのが初めてとは思えないです。ぜんぜん緊張してないし……うちは逆にガチガチで、恥ずかしいです……」

「いやいや、二人ともナイスファイトだったよ！」

綾乃ちゃんの玉が詰んだ瞬間からもう俺の心臓はバクバクしっぱなしだ。

たとえ詰んでいたとしても、大会の緊張感からその詰みに気付かず逆転してしまうなんて、いくらでもある。

　だからあの小さなぷくぷくした手が、綾乃ちゃんの玉頭に金を打ち込んだその瞬間……俺は思わず泣きそうになっていた……。

　オープニングこそ異様だったが将棋が始まればみんなそっちに集中するため、大会そのものは順調だった。驚くべきことに。

　最初はおっかなびっくり会場に顔を出した俺だったが……やはり主催者の姿が見えると選手たちも気合いが入るようで、観戦した対局はどれも大熱戦！

　その中でも特に感動した将棋は、もちろんこの対局だ。

「やっぱり俺の家で研究会をやってるよりも気合いの入ったいい将棋を指せてるね。いろいろ大変だけど、大会を開いてよかったよ……！」

「ちちょ。しゃうね？　たいかいしゅき！」

「うんうん。駒落ちとはいえ、シャルちゃんの最後の寄せは鋭かったね！　たった一局の真剣勝負だったけど、練習将棋を百局指すより強くなれたと思うよ？　この調子で二回戦も頑張ろう！」

「おー！」

　俺がシャルちゃんを抱き上げて気合いを入れていると、背後から舌打ちが聞こえてきた。

「……チッ。またそうやって幼女に媚びを売って……」

　審判をつとめる姉弟子は会場を見て回っているはずなんだが、さっきから俺の背後でずっと舌打ちをしている気がする。何なの？　あんた妖怪舌打ちか何かなの？

　他の対局も続々と終わっており、勝った子が手合い係の桂香さんに報告している。

　しかし中にはすんなり終わらない対局もあって――

「あ、あの！」

「審判さん、判定お願いしますっ！」

　最後まで残っていた将棋で、対局者の二人が手を挙げている。

「澪ちゃんと飛鳥ちゃんの対局か……何があったのかな？　姉弟子、行ってみましょう」

「チッ」

　いやもう返事みたいになってるじゃん。舌打ちが。

　とはいえ姉弟子も仕事はちゃんとする。間違った方向であれ、仕事はする。

「相入玉(あいにゅうぎょく)して、勝負がつかない局面になってるわね……」

「は、はい……手数も二百手を超えてて……」

　憧れの《浪速の白雪姫》と言葉を交わしたこともあり、飛鳥ちゃんはいつも以上に緊張した様子だ。本気で俺の弟子になることを狙ってるっぽいからそのプレッシャーもあるか？

　一方、澪ちゃんは純粋に大会を楽しんでいる感じ。

「くずにゅー先生。こういう場合って持将棋(じしょうぎ)にできるんですっけ？」

「持将棋の規程か……確かにプロとアマでちょっと違ったんでしたよね？」

六歳で奨励会に入った俺がアマの規定で将棋を指していたのは十年以上前。実はこういう細かい規定は記憶が曖昧だ。

姉弟子に確認すると──

「ええ。大駒(おおごま)を五点、小駒(こごま)を一点に換算して、保有する駒の点数が一定の点数に達しているかどうかで判断するのが基本だけど……」

「プロは二四点法、アマチュアは二七点法ですよね？」

「そうね。普通は」

普通は……？

「でもこの大会では『二四歳法』を採用しています」

「「に、二四歳法!?」」

みんなビックリである。何だそれ!?

これには万事控え目な飛鳥ちゃんもさすがに説明を求めた。

「きいたこと……ないです、けど……？」

「両対局者の年齢を合計して二四歳未満の場合は先後を入れ替えて指し直し。二四歳以上の場合は二人とも負けです。さっさと帰ってください」

「ええー!?」

「わ、わたしが……十七歳で、澪ちゃんが十歳、だから………」

「お疲れさま。ほら帰っていいわよ？」

と、姉弟子は二人に参加賞のお菓子を押しつけた。

おいおいおいおいおいおい！

「ちょ――――ッ!! 姉弟子、何ですかそのわけわかんない規程は⁉ 俺がいつそうしろって言いましたか⁉」

「でも八一、ついさっきあの金髪の幼女を抱っこしながら『幼女が一局指すのは普通の人間が百局指すより尊い』って言ってたじゃない」

「言ってねーよ！ それは真剣勝負が練習よりも価値が高いと言ったわけで、幼さを勝敗の決定要因に入れろなんて一ミリも言ってねーよ！」

「けどもう大会の要項に書いちゃってるし。ほら」

「ああー！ ホントだ！ マジで二四歳法って書いてある！」

こんなもん絶対に見逃すだろ⁉ 詐欺師の手口じゃん！

騒ぎを聞きつけてやって来た桂香さんが、呆れたような感心したような微妙な表情で呻く。

「誤植と思って触れなかったけど、まさか銀子ちゃんが本気でそれを書いてたなんて……」

くっ……！

桂香さんも準備に携わってると安心し切ってたのが裏目に出たか……！

「ほらほら、サクサク進めるわよ。九頭竜先生は刺身と幼女の鮮度にはうるさいんだから。一秒でも古くなったら手を付けてもらえなくなっちゃうわよ？」

事の成り行きを見守っていた参加者の幼女たちは「そっか……！」「い、いそがなきゃ……！」と姉弟子の言葉を信じ切っている。

桂香さんは声を張り上げて、

「そ、それでは一回戦勝者の皆さん、二回戦を始めてください」

「「だいすきだよ！　やいちおにーちゃん♥」」

もうみんなとにかく頑張れ！

☗

……あの二四歳法はマジで有り得ない。いったい何を食ったらあんなイカれた判定方法を思い付くの？

隣を見れば、姉弟子はソーセージの盛り合わせをパクパク食べながら、こんなことを聞いてきた。

「生石先生の娘の……なんて名前だっけ？　あの前髪の長い子」

「飛鳥ちゃんでしょ」

「うわ。すぐ名前が出て来るなんて……キモ。下心丸出し……」

「お世話になってる大先輩の娘さんの名前を憶えててそこまで言われるのかよ⁉　っていうか姉弟子こそ生石さんと研究会やってたんじゃないの⁉　よく会うでしょ⁉」

「だってあの子、喋んないんだもん」

「それは………まあ、そうだけど……」

恥ずかしがり屋の飛鳥ちゃんは姉弟子のことを死ぬほど尊敬してるから、この人の前だと普段以上に挙動不審になっちゃうんだろう。

「どのみちあの子は弾かれる運命だったのよ。私にはわかるの。あんたの本命は別にいて、自分で弾くのがイヤだから私にやらせただけだって」

ソーセージを突き刺したフォークを俺の鼻先に突きつけて、姉弟子は言う。

「実際、私のおかげで八一の望み通りの結果になったでしょ？　ベスト四のメンツなんて、まさにお望み通りのハーレムが形成されてご満悦だったじゃない。あの気持ち悪い嫁選び大会でさ」

「将棋大会だって言ってるだろぉ⁉」

ただ……俺のこの反論は、結果から見ると分が悪いかもしれない。

準決勝に進んだ四人。

彼女たちはそれぞれ俺と縁のある女の子だったのだから。

しかもそれは、参加者の中では飛びきりかわいい四人で……。

☖

「それではこれより、準決勝の対局を開始します」

いよいよ大会も最終盤。

手合い係の桂香さんがベスト四に残ったメンバーを読み上げていく。

「準決勝第一局。先手、雛鶴あいちゃん」

「はい！」

ジャンプするくらいの勢いで右手を挙げたのは、俺の一番弟子。

ここまで全局、駒落ちの上手(うわて)を持って勝ち上がって来た。ちなみに下手(したて)を持って戦った女の子たちはみんなほぼ全駒(ぜんごま)されて泣いて帰った。怖すぎる……。

そんなあいの相手は――

「後手、夜叉神天衣ちゃん」

「ふっ……順当ね」

「手合いは平手(ひらて)です」

あいも天衣も、この大会で初めて平手で指す。

それもあってか盤の前で向き合った二人は既に闘志が漲っていた。

「天ちゃん……わたし、この戦いだけは負けられないの。悪いけど本気で行くから……！」

「こんな記念対局で、どうしてそこまで気合いが入るかわからないけど……私だってどんな対局でも手を抜くことはしないわ。全力で戦うわよ！」

黒いオーラを放つあいに対して、天衣はちょっと恐怖を感じている様子だ。俺も恐怖を感じっぱなしだ。誰が優勝しても俺は多分、無傷では帰れない。

桂香さんが三人目の名前を呼ぶ。

「次に準決勝第二局。先手、シャルロット・イゾアールちゃん」

「しゃう、がんばぅよー！」

キリリと引き締まった表情でシャルちゃんは盤の前に進み出る。

全参加者の中でもダントツ最年少。駒落ちとはいえここまで幼い子がベスト四に進出できたのは誰にとっても驚きだ。会場がどよめいた。

「いいぞシャルちゃん！」

「優勝目指してがんばるです！」

既に敗退した澪ちゃんと綾乃ちゃんも、参加賞のお菓子を食べながら声援を送る。姉弟子からは「とっとと帰れ」と言われたが、最後まで見届けるつもりだろう。

さて。

　いよいよ最後の一人。

「後手、祭神雷女流帝位」

「ハァアアアアアアアアアアアアアアアアアアアアアアアアアアアアアアアアアアアアアアアアアアアアアアアアアアアアアアアアアアアアアアアアアアアアアアアアアアアアアアアアアアアイッッッッッッッ!!!」

「アイエエエエエエエエエエエエエエエエエエエエエエエエエエエエエエエエエエエエエエ!!!」

　桂香さんに名前を呼ばれるやいなや人垣から奇声を上げて飛び出して来たその女を見て、俺は驚きのあまり仰向けに引っくり返った。

「何で!?　雷が何でここにいる!?」

「あなたが好きだからー！」

「いやそういうことは聞いてないから！」

　関東所属で岩手県在住の雷は公式戦でも関西に来る機会なんて無いのに、こんな小さな将棋大会に出場するなんて常軌を逸している。

「だいたいおまえの誕生日は四月九日で、四ヶ月弱とはいえ俺より年上じゃねーか！」

「師匠？　どうして祭神先生の誕生日を師匠が正確に記憶してるんですか？　詳しく理由を説明していただいてもいいですか？　してくれますよね？　してくれない場合はその時点でやましいことがあったと判断してもいいですよね？」

なぜか隣の盤に座っていたはずのあいが、瞬間移動でもしたかのように俺の背後で服の裾を引っ張りながら詰問してくる。こ、こわい……！

事情を説明しようと俺が口を開くよりも早く、姉弟子が言った。

「そんなの聞くまでもないじゃない。元カノだからよ。八一が三段リーグとかで東京に行ったとき、二人でコソコソ密会してお誕生日会とか開いてたからよ」

「してないしてない！　だいたい三段リーグは四月の後半からだから雷の誕生日には間に合わないんですよ！　だから当日も会ったりせずちょっと電話して『おめでとう』って言ったくらいで——」

「そんな電話するなんてやっぱり元カノなんだ師匠の嘘つき嘘つき嘘つき嘘つき嘘つき嘘つき嘘つき嘘つき嘘つき嘘つきうそつきうそつきうそつきウソツキウソツキウソツキウソウソウソウソウソウソウソウソウソウソウソウソ……」

「あ、あいちゃーん！」

「帰って来るです！　もうすぐ対局です！」

親友たちが必死に宥めることで、あいは多少、理性を取り戻した。

そして理性が戻ったことで別の疑問も口にする。

「……そういえば、飛鳥さんも師匠よりちょっと早く生まれてらっしゃいますよね？」

「う、うん………わたしも……や、八一くんより、少しだけ……おねっ、おねえさん、だから……」

「あ、確かにそうだよね。この大会の参加資格は俺より年下のはずなのに、どうしてこの二人だけ出場できてるんだろう？」

その疑問に即答したのはまたしても姉弟子だった。

「招待選手よ」

「招待？　誰が招待したんです？」

「大会副委員長。つまり私よ」

「呼ぶなよ！　飛鳥ちゃんはともかく雷は呼ばないでよ荒れるから！」

「はぁ？　この大会は、竜王位を獲得して調子に乗った九頭竜先生が女の子を集めて新しい弟子を探すっていう趣旨の大会でしょ？　だから八一と関係があったり、八一の好みの女子を集めてやったのよ。悪い？　文句あるの？　頓死したいの？」

「すんません。文句ないです。すんません」

「ふん」

……くっそー。最初から雷を呼んで俺の大会をブチ壊すつもりだったんだな……。

雷はかつて俺の家に全裸で勝手に上がり込んだことで将棋連盟から接近禁止命令が出ているが、こっちから招いてしまったらそれも台無しだ。

一方、招かれた危険人物は勝手に盛り上がっている。

「げははははは！　こっち、優勝して八一の弟子になって一緒に暮らすんだー。毎日毎晩将棋指しまくりの、ただれた同居生活を送ってやんよ！　げへへへへへ！　ぐぇっへっへっへっへっへっへっへへへへ！」

「じゃあ祭神さんとシャルちゃんの対局は、八枚落ちでね」

「…………………げへ？」

桂香さんから手合いを告げられた雷から全ての表情がスコンと抜け落ちた。

八枚落ち。

つまり飛車、角、銀、桂馬、香車を失った状態で戦うということだ。

「だってシャルちゃんはアマチュアの級位者だもの。祭神さんは女流タイトルホルダーで、プロ棋士にも勝ったことがあるでしょ？　それくらいの手合いじゃないとシャルちゃんに勝ち目がないから」

「は、八枚も落としたらこっちに勝ち目がなくなっちまうよぉぉ！　王様と金と歩しかねーのにどうやって勝つんだよぉ!?」

「しゃう、がんばゆよー！」

「がんばらなくていいんだってばよぉぉぉぉぉぉぉぉぉぉぉぉぉぉぉぉ！」

「それでは対局を始めてください」

「「だいすきだよ！　やいちおにーちゃん♥」」

「やーだー！」

お決まりの挨拶を唱和する中で、雷の悲鳴だけがいつまでも会場に響き渡っていた……。


で、三十分後。

「おうて～、ちゅみ！」

シャルちゃんの小さな手が、雷の玉の頭に金を打ち込んでいた。

金髪幼女による頭金だ。尊い。

「ぎひひ……負けましたぁ……」

一手詰めまで指してようやく負けを認めた雷は、そのまま後ろに引っくり返って、さめざめと泣いた。

岩手から勇んで出てきてこの結末。さすがに哀れ……。

「すごい！　すごいよシャルちゃん！　初めての大会で女流タイトルホルダーに勝つなんて天才だ！」

「大金星なのです！」

戦いの行方を見守っていた澪ちゃんと綾乃ちゃんは大興奮。

一方、大会副委員長はこの結果を冷めた口調でこう評した。

「八枚落ちなんて指導対局でしょ」

「ま、まあまあ銀子ちゃん。シャルちゃんがいい将棋を指したのは事実なんだし……」

自分が手合いを決めた関係上、桂香さんはあくまでこの将棋が熱戦だったと言わざるを得ない。

ただ、俺もこの将棋には感動していた。

「そうそう。まさかシャルちゃんがここまでやるとは……最後に雷を即詰みに討ち取ったところなんか本当に強かったよ！」

いかに有利な状況だろうと……いや！　有利な状況だからこそ、格上の相手に勝ち切るのは難しい。

『本当に勝ってもいいんだろうか？』

『自分の読みは正しいんだろうか？　勝ちたくて錯覚してるんじゃ？』

詰みを読み切った瞬間も、相手に対する信用が、そんな思いを抱かせてしまうからだ。

しかしシャルちゃんは最後まで自分を信じて伸び伸びと戦いきった。

これを成長と呼ばずして何と呼ぶ⁉

「こっち、わざわざ岩手から出てきて幼女に負けて帰るとか……つらいです……八一が好きだから……」

あの《捌きのイカヅチ》がここまで打ちひしがれる敗戦。やっぱりシャルちゃんはすごい！

「いよいよ決勝だよシャルちゃん！　これ、ひょっとするとひょっとするんじゃない⁉」

「初出場で初優勝なんて、伝説になるです！」

「おー！　しゃう、でんしぇちゅいなゆんだよー！」

ジュースやお菓子でシャルちゃんを栄養補給させながら、澪ちゃんと綾乃ちゃんはボクシングのセコンドみたいに盛り上がっている。ＪＳ研のみんなで戦っている。美しい光景だった。

だが――

「させないよ」

「「あいちゃん⁉」」

ＪＳ研の前に立ちはだかったのは……同じＪＳ研のメンバー・雛鶴あい！

「か、勝った……の？　あの天ちゃんに……」

「シャルちゃんと祭神先生の対局に気を取られて、そっちの対局は見てなかったですけど……どんな将棋だったです？」

「いいえ。あれはもう、将棋じゃなかったわ……」

「「え？」」

あいと天衣の対局を見守っていた桂香さんは、その戦いぶりをこう断言する。

「一方的な虐殺よ！」

ぎゃ、虐殺⁉

「くっ……！　め、めちゃくちゃ強かったわ……」

珍しく顔面蒼白になり、天衣は肩をふるわせている。あの鼻っ柱の強い天衣がここまではっきりと敗北を認めてしまうほど酷い負け方をしたというのか……？

終局した盤面を見た澪ちゃんも、恐怖で震え始めた。

「あの天ちゃんが……何もさせてもらえないなんて……」

「きょ、今日のあいちゃんからは、鬼気迫るものを感じるです……！」

女の子が絡むと俺はだいたいいつもあいからは危機を……いや、鬼気を感じている気がするんだが……。

研究会仲間を見るあいの瞳には悲しげな色が漂っている。

「シャルちゃん………やっぱり、最大の敵はシャルちゃんだったね……あいにはわかっていたよ………最初に出会ったその時から……」

会った瞬間から敵認定してたの⁉

まあ……でも俺だって歩夢と初めて会った時に『こいつはライバルになるな！』ってわかったし、そういうもんなのか……？

「さぁ、決着をつけようか………もっと早くこうするべきだったたね……」

あいの発言はいちいち怖い。迫力が女子小学生のものじゃない。

とはいえ――

「おー！　しゃう、ゆーしょーしゅゆんだよー」

　優勝宣言が飛び出すほどシャルちゃんは意気軒昂。黒いオーラを放つあいを前にして、全く怯んだ様子は見えない。

「ふ、二人の温度差が……すごいね…………まるで水風呂とサウナみたい……」

　実家が銭湯なだけあって飛鳥ちゃんのたとえはそっち方面だ。わかるようなわからんような。

　俺は桂香さんを振り返って尋ねる。

「桂香さん！　手合いは？」

「…………」

　これまでの二人の対局を見続けた桂香さんは、その戦いぶりを振り返るかのように目を閉じて何かを考えている……。

　そしてゆっくりと両目を見開くと、こう告げた。

「手合いは…………二枚落ちで！」

　ザワッ！

　会場に衝撃が走った。

「おお！　けっこう厳しくない？」

「け、けど……シャルちゃん、この大会ですごく成長してるから……」

「そうです！　真剣勝負の中で成長したシャルちゃんなら、あるいは……？」

澪ちゃん、飛鳥ちゃん、綾乃ちゃんの三人の会話が、ここに集まった全員の心中を代弁している。

あまりにも……あまりにも絶妙な手合いだった。

二枚落ちで女流棋士に勝つには初段の棋力が必要とされる。というかそもそも『初段』という段位が『二枚落ちでプロや女流に勝てる』程度の棋力に設定されているのだ。

ただ、あいは普通の女流棋士じゃない。二枚落ちの上手を持ってアマ二段や三段を相手にも勝つだろう。

そしてシャルちゃんはギリギリ初段といったところ。

しかし飛鳥ちゃんの言うとおりシャルちゃんは大会を経験してすごく成長した！

以前なら、あいと二枚落ちじゃ絶対に勝てなかったが……この予想外の成長スピードなら、勢いであいに勝てるかも⁉

「あんまり成長すると九頭竜先生は興味を失っちゃうけどね」

一人だけ冷め切った表情で姉弟子が言う。

「そういう意味じゃないでしょ……っていうか俺はロリコンじゃないし……」

「つーか、こっちが八枚落ちだったのに二枚って酷くね？」

床に引っくり返って泣き続けている雷が、首だけ起こしてこう言った。おまえ早く岩手帰れよ……。

「それでは決勝戦！　雛鶴あいちゃんの先手番で、対局を開始してください‼」

「「だいすきだよ！　やいちおにーちゃん‼」」

もはやすっかりお馴染みとなったセリフと共に礼を交わすと、二人の初めての真剣勝負が始まった！

頭を上げた直後からパチパチと間断なく指し手が進む。

「す、すっごいスピードだ！」

「早すぎて、何がどうなってるかわからないです！」

定跡通りに金銀を盛り上げていくあいは、相手の指が盤から引っ込むよりも早く次の手を指すくらい超ノータイムで手を重ねていく。

対するシャルちゃんも早い。ここまで気持ちよく勝ち上がってきたこともあり、駒を動かすのが楽しくて仕方がないといった様子だ。

もともと子供は早指しだが、これは……。

「……あいは意図的に早く指してるな」

「そうね八一くん。シャルちゃんはそのスピードに釣られて早指しになってしまっているわ。定跡に乗っているうちは、それでもいいでしょうけど──」

桂香さんの懸念を、姉弟子が言葉にした。

「最初は定跡通りに指させてスピードに乗せておいて、知らず知らずのうちに手を変えていく

「……気付いた時には迷宮の真っ直中に放り込まれてるわ」

まるでヘンゼルとグレーテルだ。

姉弟子が看破したとおり、あいの作戦は駒落ちの上手が下手をハメる典型的なパターンといえる。

「こう！」

「おー」

「こう‼」

「おー」

「こう、こう、こう、こうこうこうこうこうこうこうこうこうこうこうこうこうこうこうこうこうこうこうこうこうこうこうこう――――こうっ‼」

あいは公式戦さながらの気迫で手を進め、シャルちゃんのミスを誘おうとする。貴重な駒を敢えて取らせようとする。

しかしシャルちゃんも簡単にはハマらない！

放り込まれる毒饅頭には手を出さず、駒の交換を巧みにかわしながら、勝負を避けて上手の陣形に無理が出るのを我慢強く待っていた。

雷に勝ったのは決してまぐれなんかじゃない。シャルちゃんは確実に強くなっている！

その結果として――

「い、いつのまにか、駒がぶつかりまくってわけわかんなくなってるよ！」

「まるで時限爆弾のコードみたいに、駒と駒がこんがらがってるです！」

澪ちゃんと綾乃ちゃんは同時に悲鳴を上げる。

その言葉通り、一度も駒の交換が行われていない盤面は……駒組みが完全に飽和状態だ。

アマチュアでは、どっちが有利か一目ではわからないだろう。

だが、プロの正確な形勢判断なら！

「駒落ちの対局は、どうやったって駒を落としてる方が不利よ。だから勝つためには盤面を複雑化させて、相手を間違わせるために罠を張るしかないの」

姉弟子は局面を見下ろして静かにそう言った。

あいが作り上げたこの局面は……コンピューターに判断させれば、シャルちゃんが勝勢と一瞬で判定するだろう。

俺も静かに同意する。

「そうだ。このぶつかっている歩のどこか一つを突き捨てれば、シャルちゃんの勝ち。だけど他のどれを選んでも負け……まさに究極の選択！」

ぶつかっている歩は、９つの筋のうち実に６つ！

たかが歩を突く順番と侮ってはいけない。

たとえば角換わり腰掛け銀の定跡には『世に伊奈さん』というものがある。先後同型の状態から『4筋、2筋、1筋、7筋、3筋』と五連続で歩を突いていくってやつだ。順番を間違えたらダメだからこんな暗記法が存在するのである。

「こ……駒がぶつかり過ぎてて…………どこから突き捨てたらいいか、ぜ、ぜんぜん……見えないっ……！」

飛鳥ちゃんは前髪を両手で持ち上げて盤面を凝視するが、正解を見つけられないでいる。この場にいる参加者たちのほとんどもそうだろう。

あいは自信たっぷりに宣言した。

「どう⁉　シャルちゃんにこの罠を見破れるわけがないよ！」

「っ…………」

決断を迫られたシャルちゃんは集中した様子で盤を見詰めている。

その姿からはしかし、不思議と焦(あせ)りのようなものは感じない。

落ち着いている？　油断か？

ここが山場だと理解していない？

…………いや！

そうじゃない。この落ち着きは、そういうんじゃない！

「……ちゅきしゅてはね？」

大きなブルーの瞳で歩を見詰めながら、シャルちゃんは口を開いた。

「え？」

思わず顔を上げてシャルちゃんの表情を確認したあいにニッコリと微笑むと、小さな指を、シャルちゃんはその駒の上にそっと置く。

４筋の歩の上に。

「かてぃのひくいほーから！　なんだよー？」

パチン、という音。

乾いたその音は………起爆装置に繋がる導線を正確に切断したことを示す音だった。

シャルちゃんはこう言ったのだ。


『突き捨ては、価値の低いほうから』


それはつい先日、この大会を開くきっかけとなったＪＳ研で、俺が教えたこと。

だらけた雰囲気の研究会で俺が言ったことなんて、誰も憶えちゃいないと思ってた。けれど違ったんだ。

シャルちゃんが落ち着いて見える理由。

それは――――俺の教えへの、絶対的な信頼。

「あっ……！」

小さく悲鳴を上げたのは、あい。

シャルちゃんが正解を見つけたこともさることながら、そのヒントが研究会で示されていた事実を見落としていた自分への叱責を含む、それは小さくとも重い悲鳴で。

戦いを見守る参加者の多くは、たった一手であいがここまで動揺しているのが理解できないようだった。

しかし今の一手をシャルちゃんが指せたことで、プロや女流はこの後の展開が読めてしまう。

棋力が高ければ高いほど、この局面の難しさを理解できるのだから。

「真剣勝負の中で正解を見つけるなんて！」

「す、スゲェ！　幼女スゲェっす！」

姉弟子と雷は目の前で起こった奇跡に驚きを隠さない。

そして俺は激しい感激に襲われ、泣きそうになっていた。

「シャルちゃん………俺がＪＳ研で教えたことを憶えててくれたのか……！」

止まっていた手が再び激しく動き出す。

堰（せ）き止められていたダムから水が勢いよく流れ出すように、シャルちゃんが突き捨てた歩をきっかけに、ギリギリの均衡を保っていた形勢は一気に決壊した。

あいはその流れを押しとどめようとするが……そこまで溜（た）めに溜めていた勢いは、もうどうしようもなかった。

「これは、もう……」

桂香さんが手元のマイクを握り締める。その指はスイッチに掛かっていた。

「ええ。勝負あった、わね」

姉弟子も頷いた。

シャルちゃんは大駒を切り飛ばして、最短速度で上手の玉を捕まえにいく。その指先は最初から最後まで震えない。

詰みまで読み切っているのだ。

そして最後に一際大きな音で着手。

「おうて～、なんだよー」

「くっ！　ま、まけ…………ました……」

おおおおおおおおおおおおおおおおおおおおおおおお‼

会場が歓声で大きく揺れた！

潔く投了を告げたあいは、しばらく頭を上げられない様子。悔しそうだ。

澪ちゃんと綾乃ちゃんは手を取り合ってジャンプしている。

「あ、あいちゃんに勝っちゃった！」

「二枚落ちで女流棋士に勝てるなんて、シャルちゃんはもう有段者の実力を持ってるです！

たった一日ですごい成長なのです！」

「す、すごい………わたしより、シャルちゃんのほうが絶対強い……」

飛鳥ちゃんはそう言って溜息を吐いた。

あいと平手で戦って勝ったこともある飛鳥ちゃんだけど、そんな彼女から見ても今日のシャルちゃんは強かったということだろう。

桂香さんがマイクを握って宣言する。

「以上の結果より、第一回九頭竜八一杯竜王位防衛記念将棋大会 ～竜王獲ったので調子に乗って幼女を集めて将棋大会を開いてみました～』の優勝者は、シャルロット・イゾアールちゃんに決定しました！　おめでとうございます！」

パチパチパチパチパチ！

熱戦を見ていた参加者たちから惜しみない拍手が降り注ぐ。

そこには勝者への嫉妬は無い。大会運営への憤りはあるんだろうが……。

景品の色紙を掲げながら桂香さんが続ける。

「優勝したシャルちゃんには、正賞の九頭竜先生直筆色紙と、副賞である九頭竜先生の新しい内弟子にしてもらえる権利が与えられます」

「いいないいなー！　内弟子いいなー！」

素直に羨ましがる雷とは別に、俺の弟子という地位に憧れを持っていた飛鳥ちゃんや澪ちゃんは複雑そうな表情を浮かべている。

「う、うらやましい………けど……」

「あいちゃんのことを思うと……ねぇ？」

そのあいはといえば――

「…………当然の結果だよ……」

あれ？

何だか……しおらしいぞ？

「師匠のことを信じていたシャルちゃんと、信じられなかったわたし……どっちが弟子としてふさわしいかなんて、最初からわかってたことだよね……」

負けたことよりも師匠を信じられなかったこと、そして研究会での俺の発言を忘れていたことが、あいにとってはショックだったようだ。

まあ、確かに今回あいはずっと俺のことを疑っていた。

全て姉弟子が俺を陥れるために仕組んだことなのに、まるで俺が己の欲望を満たすために幼女を集めたと勘違いしていたのだ。普段から一緒に生活しているあいなら、俺がそんな絶対にそんなことしないって知っているはずなのに！　はずなのに!!

だが、最後の最後で俺の教えに気づいて正気を取り戻してくれてよかった……あいにとってもこの大会は意義があったということだな！

「んーん。しゃう、でてぃにはね？　ならないんだよー」

「ふぇ？」

涙目で顔を上げたあいに、シャルちゃんはいつものようにこう言った。

「だってね？　しゃうはね？　ちちょの、およめたんだもん！」

シャルちゃんは、俺の嫁。

だから弟子という立場は、あいのもの。

勝者はそう言って、敗者を労ったのだ。

これこそまさに将棋の精神！

激しく戦った後でも、全ての駒は一つの駒箱に収まるのである。

「しゃ、シャルちゃん……！」

感激した面持ちで、あいは目に溜まった涙を裾で拭うと、

「そうだよね！　シャルちゃんは、師匠のお嫁さんだもんね！」

「うぃ！」

盤上で繋がる二人の手。

それを見て、澪ちゃんと綾乃ちゃんも激しく感動している。世界が破滅するその一歩手前で少女たちの愛が全てを救ったのだから当然だ。

「お、おおお……なんという労りと友愛！」

「あいちゃんが心を開いているです！」

「これだよ！　これが真剣勝負の醍醐味ってやつなんだよ！」

俺は後ろから澪ちゃんと綾乃ちゃんの肩を抱くと、思わずこう叫んでいた。

「本気でぶつかり合うことでお互いのことをもっとよく理解できる……将棋の素晴らしさを何倍も何百倍も引き出せるのが大会なんだよ！　それこそが、この大会を通じて俺が伝えたかったことなんだ！」

今日、ここにいる全員が大切なことを学んだ……！

対局をした少女たちだけじゃない。

運営した俺や姉弟子も教わったんだ。

勝ち負けよりも大切なものをもらったんだ！

「大会には勝者も敗者もない。参加して、真剣勝負をすることが重要なんだよ！　みんなが優勝者なんだよ！　だから――」

「だから？」

澪ちゃんと綾乃ちゃんの肩を抱いたまま、俺は背後から尋ねてくる姉弟子を振り返ると……

会場全体に響き渡る声でこう叫んだ。

「今日、この大会に参加してくれた全員を――――俺のお嫁さんにしてあげるよ!!」

みんなが一斉にこう答えた。

「「「調子に乗るな!」」」

「…………すんません」

ですよね。

うん。まあそうだわ。興奮して口走っちゃったけど、自分でもやべーこと言ったなって思ったわ。あいの表情は怖くて見られないわ……。

「おー?」

『次の目標は女子の婚姻年齢を六歳まで下げること』と書かれた俺の色紙(偽造)を掲げたまま、シャルちゃんだけが不思議そうに首を傾げるのだった。

☗

「……ってなわけで、俺の名を冠した初めての将棋大会はこうして幕を下ろしたわけです」

全てを振り返ったあと。

皿の上の最後のソーセージにフォークを突き立てながら俺は言った。

「全体としては最低でしたが…………まあ、最後までシャルちゃんが楽しんでくれたのが唯一の救いでした」

「そうね。私のおかげでね」

「正気で言ってるのか……？」

満足気にオレンジジュースを飲み干した姉弟子を見て、俺は心のそこから慄く。前から思ってたが、やはりこの人には心というものが無いんだろうか……？

シャルちゃん以外の子供たちがどれほど傷ついたか、この女は本当に何も理解していないというのか？

っていうか一番傷ついたのはこの俺の名誉なのだが？

「あの大会からもう一週間がたちましたけど未だにあいは『師匠にはお嫁さんがたくさんいるから、わたしが家事をしなくても大丈夫ですよね？』って不機嫌なままなんですよ⁉　おかげで家の中が荒れ放題で——」

「それは八一が最後にクソみたいなこと口走って自分で頓死したからでしょ」

「ぐっ……！」

「大会の善し悪しって結局はどれだけいい将棋が指せたかだと思うのよね。それでいうとあの大会はどの将棋も熱かったわ。この私ですら『久しぶりにああいう大会に出て自由に好きな将棋を指せたら楽しいだろうな』って思ったくらいだもん」

ほほう？　姉弟子が大会に……ねえ。

「で？」

　姉弟子はつまらなさそうに俺の顔を眺めると、

「そろそろ本題に移りなさいよ。打ち上げとか言っておいて、どーせまた私に相談があるんでしょ？　何？　今度は幼女たちを引き連れて将棋合宿とか？　さすがに逮捕されるわよ？」

「いえいえ。そうじゃないんです」

　俺は足下の鞄から書類の束を取り出しながら、

「ちょっとね？　思い出したことがあるんですよ……自分の将棋大会を開いてもらったことで、大事なことを忘れていたことを」

「大事な……こと？」

「そういえばまだ『空銀子杯女流二冠防衛記念将棋大会』をやっていなかったな……って」

「っ⁉」

　愕然とする姉弟子に追撃をかけるように、俺は書類をテーブルの上に置く。

　もちろんそれは大会の企画書だ。

「この前の大会を見て、姉弟子も久しぶりに大会に参加したくなったって言ったでしょ？　だからアマチュアでも女流棋士でも奨励会員でも、女性なら誰でも参加できるオープンな大会にしたいなって！」

「………………」

「ちなみに身体のある部分のサイズでクラス分けをします。姉弟子が参加するなら間違いなく

A級ですよ！　桂香さんはF級、供御飯さんはE級とかかな？　企画の話を持ちかけたら月夜見坂さんも関東からわざわざ来てくれるって言ってて。『月夜見坂さんなら間違いなく姉弟子と同じA級ですよ！』とだけ説明したらノリノリでした！　だからA級は姉弟子と月夜見坂さんの対局が事実上の決勝になりそうですよね‼」

弟弟子の渾身のプレゼンに対する姉弟子の返事は、右手に摑んだガラスのコップで俺の顎をガラスのように粉々に砕くというものだった。

もう将棋大会なんて二度と開かねぇよ畜生‼

（了）

# 『あいちゃんのヤンデレ度チェック』

「ねぇねぇあやのん、天ちゃん。ちょっと澪、不安なことがあるんだけど……」

それは、ある晴れた日のことだった。

関西将棋会館で偶然ばったり天ちゃんと顔を合わせた澪とあやのんは、くずにゅー先生が少し前に開いてくれた将棋大会の感想戦をしようと、二階の道場に天ちゃんを誘った。

で、ひととおり将棋を振り返って。

それから……ずっと気になってたことを、澪は二人に相談したんだ。

「何？　ようやく自分のバカさに気づいて将来に不安を感じ始めたの？」

「ちがうよ天ちゃん！　澪が不安なのは、あいちゃんのことだよ」

「あいちゃんが……ヤンデレかどうか、です？」

あやのんも気になってたんだね。そりゃそうか。

「うん……最近ちょっと、くずにゅー先生に対する執着が、小学生のレベルを完全に超えちゃってるなって思ってて……」

「ま、確かにあいつは独占欲とか嫉妬とか酷いわね」

「このままエスカレートしたら、そのうちあいちゃんくじゅるー先生を刺したりするんじゃないかって、澪は最近それが不安で不安で……」

「ヤンデレヒロインルートに入って幸せな結末を迎える作品は少ないのです……」

「ツンデレはいいんだけどね……ヤンデレは厳しいよね……」

天ちゃんを横目で見ながら澪は呻く。

そう。天ちゃんはツンデレ。空せんせーもツンデレ。暴言や暴力は出るけど、血は出ない。

でも……あいちゃんは……。

「そもそも何？　ヤンデレって？」

普段から一緒にいる澪とあやのんに比べて、天ちゃんはいまいち危機感が薄い。刺されてからじゃ遅いんだよ⁉

「定義は色々とあるみたいですけど……簡単に言ってしまえば、好きな相手に病的なまでに執着する人のことです」

「モロあいつのことじゃない」

「ま、まぁまぁ！　まだ断定するのは早いっしょ⁉」

「そ、そうです！　あいちゃんは、その……ちょっと九頭竜先生のことが好きすぎるだけで、諦めるのはまだ早いのです！」

「早いって言うか、むしろもう手遅れでしょ」

現実を容赦なく突きつけてくる天ちゃんの言葉から目を背けるように、あやのんがスマホを取り出して叫んだ。

「ここに、うちがネットで調べてきたヤンデレ診断の項目があるです。これを使えば……」

「なるほど！　それであいちゃんのヤンデレ度をチェックするんだね！」

「そんなことしなくても結果はわかりきってると思うんだけど……」


三十分後。

近所のスーパーで夕飯の買い物をしてたあいちゃんを道場に呼び出すと、澪たちは本来の目的を伏せて、明るく楽しくこう言った。

「あいちゃんあいちゃん！　心理テストしよ？」

「ふぇ？　心理……テスト？　どういう？」

「く、クラスで流行ってるやつだよ！　ね？　あやのん？」

「そ、そうです！　うちの学校でも大流行なのです！」

いきなり将棋道場に呼び出して心理テストするなんて、怪しすぎる。

素直な性格のあいちゃんも、さすがにすぐには信じなかった。

「ふぅん……天ちゃんもやったの？」

「はぁ？　何で私がヤンデレのチェックなんか――」

「もちろん天ちゃんもやったから！　すっごく面白いって言ってたから！　めちゃんこ当たってるって言ってたから!!」

「あいちゃんもぜひやってみるべきなのです！　絶対楽しいのです！」

天ちゃん余計なこと言わないでー!!

幸い、あいちゃんは信じてくれたようだった。

「うん！　いいよ」

「では第一問。あなたには好きな人がいるのですが、あなたの親友も同じ人を好きになってしまったのです。親友には何と声をかけるです？」

あやのんはスマホの問題を読み上げると、選択肢を提示する。

A『好きな人も同じなんて、わたしたちやっぱり趣味が合うね！　けど、困っちゃうなぁ』

B『今から敵だね！』

「B」

ノータイムだった。

「即答したわね……」

「しかもちょっと喰い気味ですらあったよね……」

天ちゃんの頬に大粒の汗が流れていくのを澪は見逃さなかった。

「だ、第二問！　あなたは恋人とデートしているです。そして恋人が席を外したときに、残していったスマホが鳴りました。出る？　それとも出ないです？」

「出るよ？　だって弟子として師匠の日常業務を代わりにこなすのは当たり前のつとめだもん。師匠のプライベートはぜんぶ弟子が把握しておくべきだからメールもＬＩＮＥもチェックするのは基本だよー」

またノータイム！

そしてもっと気になることを、天ちゃんは鋭く指摘する。

「ちょっと。メガネは恋人の話をしてるのに、どうして当たり前のように師匠と弟子の話になってるの？」

「むしろそこが怖いよね……」

「第三問！　あなたの恋人のお部屋にアイドルのポスターが飾ってあったらどうするです？　剝がす？　剝がさない？」

「剝がしちゃうのはかわいそうだから、顔の部分だけマジックで塗り潰すかなぁ？　二度と元にはもどらないように、真っ黒に……そのポスターを見た時にあいが感じた気持ちを師匠にも理解して欲しいから……」

ひぃぃぃぃぃぃぃぃぃぃぃ！

「ねえこれまだ続けるつもり？　私、怖くなってきたんだけど……」

さすがの天ちゃんも不安そうに澪の袖を引っ張ってくる。

け、けど……ここで終わったらもう、今までみたいにあいちゃんの顔を正面から見ることができない！

あやのんも同じ気持ちみたいで、少しでも希望を見出そうと質問を続ける。

「第四問！　恋人が自分以外の異性と話をしているのを目撃してしまったら、あなたはどうするです？　すぐに止める？　それともそのまま続けさせる？」

「うーん、それは続けてもらってもいいかな」

「おっ、寛大」

ちょっとホッとしたよー。

けれど……あいちゃんは澪の予想を軽々と超える答えを捻り出してくる。

「とりあえず全部内容を把握しておいて、後から追及した方が効率がいいもん。拷問とかする手間が省けるし」

「ちょっと。あいつ笑顔で拷問とか言ってるわよ？」

「あわわ……あわわわわ……」

「だ、だい……第五問……！」

ガクガクと震える膝を拳で叩いて叱咤しつつ、あやのんは最後の問題を放つ！

「あなたには欲しいものがあるです。けど、それが絶対に手に入らないとわかったら……どうするです⁉」

「だったら壊しちゃえばいいよ！　そうすれば、他の誰のものにもならないんだから。でしょ？」

最高の笑顔だった。

「こ、こっちの想定してる回答より遥かにヤンデレ度の高い答えを返してくるです！　計測不能です！」

「も、もう…………あの頃の優しかったあいちゃんは…………どこにも…………」

ガックリと道場の床に膝を突く、あやのんと澪。

まるで山崩しの将棋駒が崩れていくように、日常が音を立てて崩壊していく……。

「なーんてね！　冗談だよー」

「「……へ？」」

「みんなあいがヤンデレさんになっちゃったんじゃないかって心配してくれてるんでしょ？

ごめんね、演技したりして」

「お、おしばい……だったです？」

「いくら師匠の電話だからって勝手に出たりメールのチェックなんてしていいわけがないよー。それにあいはまだ小学生で、恋人なんていたことないから、そういう質問をされてもどんな答えを返せばいいかわからないしね！」

「そ、そうだよね！」

そっか！　本当にお芝居だったんだ！

澪たちの企みを逆手に取って驚かそうとしてたんだね！　まんまと引っかかったよー。

「え？　でも二問目以降は選択形式じゃなくてほとんど自分で答えを作ってたわよね？　っていうことは普段からそういうことを考えて――」

「みんな！　心配させちゃってごめんね！」

疑り深い天ちゃんの言葉を、あいちゃんは笑顔と声で上書きする。

「わたしはヤンデレなんかじゃないから、これからも今までどおり仲良くしてほしいな！」

そう言って両手を広げるあいちゃん。

その腕の中に、澪とあやのんは飛び込んだ。

「よ、よかったぁ！　あいちゃん……よかったよぉぉぉ！」

「うち、うち……本当にあいちゃんが、心を病んでしまったと思ったです……！」

「あはは。あいの演技、そんなにすごかった？」

迫真の演技だったよー。アカデミーヤンデレ賞ものだよー。

その時、一人だけ輪の中に加わろうとしない天ちゃんがポツリと言った。

「……ところで、今日は先生の姿が見えないけど？」

「師匠は連盟のお仕事で、将棋大会の審判に行ってるんだよ！」

んんんー？

「え？　うちは、この前の記念大会で将棋大会に出るのにハマったシャルちゃんの付き添いで、地方の大会に出かけたと聞いてるですけど……」

「そうそう。昨日シャルちゃんが嬉しそうに『ちちょといしょに、しょーぎたいきゃいいくんだよー！』って言ってたよね。それで今日はここにいないわけだ……し……」

「嘘つき嘘つき嘘つき嘘つき嘘つき嘘つき嘘つき嘘つき嘘つき嘘つき嘘つき嘘つき嘘つき嘘つき嘘つき嘘つき嘘つき嘘つき嘘つき嘘つき嘘つき嘘つき……」

「あ、あいちゃーん！」

「帰ってくるですー！」

「ほら見なさい、もう手遅れって言ったでしょ」

溜息を吐きながら、天ちゃんは疲れたように首を振る。

「ま、これはこれで割とお似合いの師弟なんじゃない？　……私も負ける気はないけど」

# 第三譜
# 『シャルちゃんのおしごと！』

私の名前は空銀子。中学生の将棋指しよ。

よく勘違いされるけど、私は正確には女流棋士じゃない。

女王と女流玉座っていう女流タイトルを持ってはいるけど、女流棋士とは全く別の、奨励会員という身分になる。

奨励会員というのは、プロ棋士を目指して修業する者のこと。

ここから女流棋士になることもできるけど、その場合は奨励会を退会し、プロ棋士になることを諦めなければならない。

わかりづらいと思うけど、プロ棋士と女流棋士も全く別の資格なの。

このあたりのことは複雑だから、ま、学校の友達やご近所さんには単に『将棋指し』とだけ自己紹介してるってわけ。

そう説明すると決まって次に質問されるのは『じゃあ将棋指しってどんな生活をしてるの？』ということ。

『対局って毎日あるの？』とか、『お給料ってどれくらいもらえるの？』とか、逆に『え？ 将棋を打ってお金をもらえるの？』とか、それこそ私たちの世界では常識以前のことが、世間一般じゃあ常識じゃないってことを痛感させられるわ。

ちなみに将棋は『打つ』じゃなくて『指す』という。

囲碁や麻雀は『打つ』っていうけど将棋はそうじゃない。駒が進むべき方向を対局者が『指し示す』ゲームだから、将棋は指すというの。けど、持ち駒を使うときだけは『打つ』っていったりするから、この説明も面倒。だから私は基本的にスルーする。こういう細かい部分を指摘するのは大抵が素人に毛が生えた程度の、いちばん面倒くさい人たちよね。

何の話だったかしら？

……そうそう、将棋指しがどんな生活をしてるかってことだった。

この説明も面倒だけど、プロ棋士も女流棋士も毎日公式戦をやってたら死んでしまう。将棋は意外と体力を使うから。

プロ棋士はだいたい一週間から二週間に一局、女流棋士なら一ヶ月に一局くらいが平均的な対局数かしら。

奨励会員は二週間に一度、例会と呼ばれる日に二局か三局指す。

この説明を聞いた相手の反応も予想できる。『そんなに少ないの⁉　じゃあすごく暇なんだね！』よ。

確かに公式戦の数は少ないと思う。

けど、だからといって他の日は遊んでるかといえば、そんなわけがない。

だから今日は、そんな将棋指しが普段どんな生活を送っているのか、私たちのとある日常をご覧に入れようと思う。

何ら特別なことはない、ごくごく普通の日々を。

☖

その日。

私の前には二人の幼女がいた。

「あのねえ……」

ズキズキと痛む頭を指で揉みながら、座卓を挟んで下座でリラックスしてる餓鬼どもにかける言葉を私は探す。

『さっさと帰れ』かな？　それとも『代わりに留守番してろ』？　もっとストレートに『ぶち殺すぞ』がいいかしら？

けど私が何か言うより早く、まるでツバメの雛みたいにピーチクパーチクと幼女どもが遠慮なしに話しかけてくる。

「だから言ってるじゃないですか。師匠が大事な対局を控えて家で研究をしてるから、あんまり早く帰ってわずらわせたくないんです！」

「でも福島周辺で子供が気軽に将棋を指せる場所も思い付かないもの。カラオケボックスも小学生だけじゃ入れないし。だったら大師匠の家で今日の将棋を振り返るくらいしかやれることがないでしょ？」

「そしたら空先生がいらっしゃるじゃないですか！　あいと天ちゃんの指した今日の将棋をちょっと見てアドバイスをくださっても、罰は当たらないと思います！」

「ま、私は今日の将棋は完璧すぎて振り返る部分なんてほとんど無いけどね！　代わりにVSとかしてあげてもいいわよ？　そこの押し入れに盤駒あったわよね？」

白っぽい服装の幼女が棋譜用紙を手に騒ぎ立てれば、黒っぽい服装の幼女は押し入れから盤駒を取り出そうとしている。

「………………」

私は奥歯を噛んで頭痛を堪えた。甲高い幼女の声が神経に障る。

状況を軽く説明しておく。

この日は土曜日で、私は師匠の家で留守番をしていた。公式戦があるっていう桂香さんに頼まれたからだ。

今でこそ実家に戻ってはいるけど、もともと四歳から十年近くも住んでいたから、まだ師匠の家の方が自分の家っていう実感があるくらい。

先に出ていった八一は一人暮らしを満喫していたのか、それとも自由に幼女を連れ込める環境が好きなのか、あんまりこっちに戻って来ないから二人で使ってた子供部屋は今でも私が自由に使ってる。連盟で研究会をしたあと、実家に戻るのが面倒になったらそのまま泊まることもある。制服のスペアも置いてあるし。

とはいえ完全に自由に使えるわけでもないし、不意な来客なんかもある。そろそろ連盟の近くに自分だけの物件が欲しいところよね。

……前は弟弟子のアパートも使えたけど、内弟子を取って以降は気軽に遊びに行けなくなってしまった。

ドアを開けたら裸の女子小学生に弟弟子がのしかかってる……なんて最悪の『事案』を目撃しかねないから……。

で、今その幼女が二匹、八一のアパートを飛び出して私の前にいるってわけ。

ああ面倒くさい……。

「……まあ、修業したいっていうのはわかる。対局を控えた八一に迷惑を掛けたくないっていう配慮も、小学生にしてはよく考えたと思うわ」

「えへへー」

二匹のうち、白くてあざといほうの小童が誇らしげに胸を張る。うざっ……。

「けど！」

「「けど？」」

「自分とタイトル戦で当たるかもしれない相手にどうして私が稽古を付けてやらなくちゃいけ

ないのよ！」

　黒いほうの小童は当たり前のようにこう要求してくる。

「だって効率がいいじゃない。弱点とかも包み隠さず教えなさいよね」

「教えるかボケ！」

「まあまあ空先生。そんなに怒ると白髪が増えますよ？」

「心配してくれてありがとう。早く消えろ」

　あざといほうは穏やかそうな顔をしてちょくちょく煽ってくるから厄介だ。視界の隅で蠢(うごめ)くアホ毛がメチャメチャ気に障る。

「ったく。チビどもが勝ってさっさと帰って来たのに、桂香さんはどこで何をしてるのよ……」

「そういえば遅いわね。千日手(せんにちて)にでもならなければとっくに終わってると思うけど」

「桂香さんは対局の後、サウナに入りに行くから帰りが遅いんだよ！」

「あのババアそんなことしてるのね……まあ気分転換したいっていう気持ちはわかる」

「研修会は一日でいっぱい指すから体力的には疲れるけど、女流棋士の公式戦は一局なのに精神的な疲労がすごいよね。終わったらもう、何も考えられなくなっちゃうもん！」

「そうね。疲労度は比較にならないわ」

「甘いもの食べたくなるよね」

「ねえ空銀子。もっと饅頭ない？　そこの仏壇に供えてある落雁(らくがん)も食べていい？」

空になった菓子盆を揺らしながら黒いのが言ってくる。

私は無視して別の話をした。

「桂香さん、今日どうだったの？」

「午前中にチラ見した感じだと、銀損してたわ」

「…………」

また突っ込んでいってボロッと駒を取られたのか……桂香さんの悪い癖ね。

念願の女流棋士にはなれた。

けど、新しい環境が悪い方向に作用している。

「追い込まれてた研修生の頃と違って、女流棋士はよっぽど負けなきゃ引退はないし。それで緊張感が欠けてるんじゃない？　あの釈迦堂里奈に勝った人間と本当に同一人物かと思うような将棋を指してたわ」

黒いのがそう言って呆れるのも無理はない。

私は軽く溜息を吐いてから、こう言った。

「結局、この世界は続けて勝てる力がないと上に行けないシステムになってるのよ。一勝一敗の指し分けなら引退はないけど、上にも行けない」

「勝ち続けるのって大変です……」

「そこが気になってたのよ。よっぽど力の差があるならともかく、あなたが女流棋士相手に無敗なのはどういうカラクリなの？」

　黒いのは座卓に身を乗り出して聞いてくる。

「釈迦堂里奈、供御飯万智、月夜見坂燎、祭神雷。どいつもこいつもプロ棋士にひけを取らない実力者でしょ？　奨励会で勝ったり負けたりしてるあなたが、女流棋士だけには強い理由は？」

　そんなことか。私は即答した。

「負けてないのは実力じゃなくてそれ以外の部分が大きいから」

「それ以外って？　具体的に教えなさいよ」

「そうね……一番大切なのはやっぱり精神力で、ここが弱いとダメ。次に重要なのが戦法の選択。将棋はジャンケンみたいなところがあるから」

「「ふむふむ」」

「ジャンケンは同時に出すけど、将棋は後出しジャンケンができる。相手に先に形を決めさせて、こっちはその形に有利な形を選ぶわけ。それが序盤巧者。最初から『相掛かりしか指せません！』みたいなのは、アマチュアなら勝ててもプロの世界では急に勝てなくなるから」

「……しゅーん」

　あざといのが落ち込む。自分が終盤力だけで女流棋士になったっていう自覚はあるらしい。

『だから、あんたが序盤を磨いたら誰も勝てなくなるけどね』

っていう言葉を私は飲み込んだ。

そこまで教えてやる義理はない。たとえ同門でも。

「トーナメントで勝ち上がれたのは運と勢い。当時の私は今より遙かに弱かったから。でもその後も勝ち続けてるのは、女流棋士相手にはタイトル戦しかしてないから。だから人読みの部分で上回れたのかもしれない」

「相手の棋譜はたくさん公開されてるけど、あなたの棋譜は少ないから？」

「それと私の主戦場である奨励会の棋譜が非公開なのも大きいかもね。戦法の流行サイクルが早く回るのも重要なポイントで、短期間に棋風が変わるから相手がこっちの癖を掴みづらい。仮に私が奨励会に在籍する女性と戦うとしたら、まずは別の奨励会員と研究会を──」

そこまで説明して私は慌てて言葉を飲み込んだ。

「……って、だからどうしてこんなこと教えなくちゃいけないのよ！　用が無いならさっさと帰りなさい！」

「私たちだって別にこの家に来たくて来たんじゃないわよ。ただ、あのババアが帰って来ないと予定を合わせられないから」

「そうですよー。棋士室で待ってるのはまだハードル高いですし、トゥエルブはお昼過ぎるといったん閉まっちゃうから、連盟で桂香さんを待つっていう選択肢はなくて。『じゃあ帰る』っていう天ちゃんを、あいががんばってここまで引っ張ってきたんです！」

予定を合わせる？　桂香さんを待つ？

何だか……三人で遊びに行く予定でも立ててるみたいな感じね。

「桂香さんと一緒にどっか行くの？　USJ（ユニバ）とか？」

「研修よ。聞いてないの？」

「研修……？」

聞き覚えのない単語に、私は脳内を検索する。

けれど一向に出てこない。

「そっか。あんた女流棋士じゃないから研修とか無関係なのね」

黒いのはイライラと髪を搔（か）き上げながら、

「今年度に入って女流棋士になった新人を対象に、東京の将棋会館で研修をするらしいわ。将棋界の制度とか、将棋の歴史とか、記録係のやり方とかを一日かけてレクチャーするらしいの。ったく、本当に面倒よね！」

「あと、翌日は関東で対局も組まれてるんです。だから二泊三日の日程になってって、桂香さんがわたしたちを引率してくれるんですよー」

「対局ならともかく、研修のために前入りなんて必要ないと思うんだけど……講師として高段の棋士とか高齢な観戦記者なんかを招くから、遅刻して失礼がないようにってことらしいけどね」

確かに将棋会館の宿泊室に泊めれば寝坊しても叩き起こして引っ張ってこればいい。多分、祭神雷とか月夜見坂燎とかが悪さをして厳しくなったんだろう。

「ああああ……不安だなぁ」

あざといのは不安だ不安だと言いながら頭を抱えて畳の上をゴロゴロしてる。

「何が不安なのよ？　研修なんて座って話を聞くだけでしょ？」

「だって二泊三日ですよ⁉　あいも桂香さんもいないのに、そのあいだ師匠のご飯は誰が用意するんですか⁉」

ああ……そっちの不安か。

わかるわかる。確かに八一の家事スキルは壊滅的だから。

同居経験がない黒いのはそのあたりのことがよくわかってないようで、軽い調子でこう言ってくる。

「ハムスターやカブトムシでもあるまいし。餌だけ多めに用意しておけば大丈夫でしょ」

「「甘い！」」

私とあざといのの声がハモった。

「天ちゃんはわかってない！　あいが見てないと師匠は本当に何も食べないんやから！　カブトムシさん以下なんやから！」

興奮のあまり微妙に方言になりながら、あざといのは力説する。素で方言を出すあたり、さすがのあざとさね。

「そういえば八一、例の将棋大会以来あんたが家事をしてくれないって嘆いてたわよ？」

「そんなの表面上だけです。師匠こそ、将棋の研究を始めたら何日でも部屋にこもりっぱなしで……お部屋の電球が切れても取り替えずにそのまま研究を続けてたんですよ？」

そうそう。八一に限らず、若いプロ棋士ってだいたいそんな感じ。

「心配なら誰かに監視を頼んだら？　晶に言っておきましょうか？」

「一応、澪ちゃんや綾乃ちゃんたちには連絡しておいたよー」

「あいつらに？　何て？」

「師匠が家で一人になるからいろいろ心配だなーって」

「あんたのそれは心配というよりも牽制に聞こえるんじゃ…………かえって誰も寄りつかなくなるような………」

「ふぇえ？　なぁに天ちゃん？」

「…………何でもないわ」

ゲッソリした様子で黒いのが目を閉じる。

桂香さんが帰って来たのは、ちょうどそんなタイミングだった。

「ただいま。銀子ちゃん、遅くなってごめ…………あら。あいちゃんと夜叉神さんも。みんな揃って女子トークでもしてたの？」

「どっちかというと欠席裁判よ。あんたの」

黒いのがそう言っても、桂香さんは言い返さずに苦笑して荷物を畳に下ろした。敢えてサバサバした態度を取るのは桂香さんの負けたときの対処法だ。家の門を潜るまでに気持ちの整理を終えている。だから帰って来るのに時間がかかる。

それは師匠も同じで、終局の遅くなる将棋のあとは翌日に帰って来ることも多かった。

……難儀よね。勝負師の家って。

「お疲れ様。ご覧の通り、ちゃんと留守番してたから」

荷物を持って立ち上がりながら私が言うと、桂香さんは意外そうに、

「銀子ちゃん、帰っちゃうの？　一緒に夕ご飯を食べていけばいいのに」

「そこまで暇じゃないの」

何の出前を取るかでわいわい話し始めた三人を残して私は一人で師匠の家を出た。

一つの家に、勝者と敗者がいる。これが棋士の日常の一コマだ。ごくありふれた日常の。

ところで。

八一がまる二日間、一人になるわけね。

ふーん。なるほど。

………ふーん。

「だから言ってるだろ？　大丈夫だって」

　心配そうにこっちを見詰める内弟子に向かって、俺はもう何十度目になるかわからない『大丈夫』を口にした。

「でもでも！　あいが家を三日間も空けるなんて、今までほとんどなかったですし……」

「あいがこの家に来る前は一人で何でもやってたんだぜ？」

「桂香さんが言ってましたよ？　二日に一度は料理とお洗濯をしに来てたって」

「う……」

「それに竜王防衛戦のときだって、わたしが出て行ってからはパソコンの前からぜんぜん動かなかったですよね？」

「うう……！」

「玄関のドアノブに掛けておいた料理を作ったのが桂香さんじゃなくてわたしだって気づいたのも、けっこう後になってからですよね？　ご飯、食べてなかったんじゃないですか？」

「ううう……！」

　びしびしと図星を突かれて言葉に窮する。

　将棋の研究に没頭すると飯を抜くなんて当たり前だからなぁ……そもそも一人で暮らしてる

と時間の感覚も無くなるし。

盤の前かパソコンの前でずっと座ってて誰とも一言も話さないまま気がついたら対局当日になってる。

若いプロ棋士の生活なんてそんなもんだ。

弟子を取ったことでそんな俺の生活は一変した。

そのことが悪かったとは思わないが……竜王防衛戦で再び一人暮らしを経験したことで、わかったこともある。

誰かと一緒に暮らすことで生まれる規則正しい普通の生活は、長期的に見たら成績の向上に繋(つな)がるだろう。

けれど勝負師は、普通のままじゃ勝てない。

人間らしい生活を捨てて将棋だけに没頭する時間も必要だ。あいがいなければ竜王防衛は無かったが、同時に、あいと離れて一人で研究した時間が無かったら……俺は負けていたと思う。

そういう意味では、あいの外泊はありがたい。

今期は絶対に順位戦で昇級したいし、初めて本戦に残れた毎朝杯もあと二勝すれば準決勝と決勝が行われる有楽町に行ける。一般棋戦でも実績を残せるチャンスなんだ……！

とはいえこれを正直に伝えるほど俺は無神経じゃない。

「あいの心配もわかるよ」

玄関には明日からの二泊三日に備えてあいが準備した荷物がもう置いてある。しっかり者のこの子が『やっぱり行きません！』なんて言うわけがない。

研修だけならともかく公式戦も組まれている以上、行かないという選択肢は無いのだ。

「けど……あいも女流棋士になった以上、こういうことは今後も頻繁に起こる。勝負のために離れ離れになるってことが。勝てば勝つほど家にいられなくなるのが棋士ってものだからね。お互いに慣れないとやっていけないぞ？」

「…………」

これも棋士の日常の一つ。だったらせめて安心して行ってほしい。

俺と同じように、あいも自分の将棋だけに集中できるように。

「毎日必ず食事の写真を撮って送るから。もちろん通話もする。それで安心してくれるか？」

「……わかりました」

「わかってくれたか」

ホッと胸をなでおろす。

しかし俺が安心したのも束の間――

「じゃあ、もう一つ条件があります」

あいはノータイムで勝負手（しょうぶて）を放ってきたのだった。

□

「ふぅ…………角換わりってのはいったん研究を始めると止め所がわからんな……」

自室でパソコンのモニターに向かっていた俺はそう呟いて、座ったまま腰を伸ばした。ボキボキと音が鳴る。

時計を見ればもう昼近く。

研究を始めたのは昨日の夜で、風呂に入っている時に頭に浮かんだ角換わりの変化を軽い気持ちで調べていたら、いつの間にか十六時間くらい経過してしまったようだ。

さすがに腹が減った。

「あいー？　そろそろ昼飯にしないかー？」

自室を出ながらそう呼びかけたところで、俺はガランとしたアパートの室内を見て状況を思い出した。

「……って、いないか」

あいは二泊三日の遠征に出かけている。

台所にはラップに包んだ料理だけが並んでいた。

「昨日の昼過ぎに桂香さんが迎えに来てくれて、一緒に新幹線に乗ったんだったよな。楽しそうな写真を送ってきてくれたっけ」

新大阪で合流した天衣と三人で並んで新幹線に乗ってお弁当を食べている写真だ。窓の外には富士山も写っていた。天衣だけは仏頂面だったけど。

「こっちは弟子が作り置きしてくれたご飯を一人で温めて食べますかね……いや、今回は冷凍チャーハンにしようかな」

あいはいつも栄養満点の手料理を作ってくれて、もちろんそれは冷凍食品なんか比べものにならないくらい美味しい。

が！

「一人暮らししてた時は毎食冷凍チャーハンだったこともあったなぁ。凄く食いたくなる瞬間があるんだよね」

タイトルを獲る前の金が無かった頃はもちろん、竜王になった後もしばらくそんな生活をしていた。

「研究して、冷凍チャーハンを食べて、風呂に入って、また研究して、適当に寝て、起きて腹が減ってたら冷凍チャーハンを食べて、研究して、風呂に入って、研究して、研究して、研究して……それでも負けるときは負けるもんな。将棋は残酷だよ」

それをまた次の対局まで繰り返す。

研究会やVSが入っていなかったら誰とも会わないし喋らない。そもそも最近はネットで将棋を指すこともあるから、それだと声を発しない場合もある。

「いかんいかん。寂しくて、つい独り言が多くなっちゃうな……」

チャーハンをレンジで温めるあいだも一人で喋り続ける俺。電波が入りにくくなってスマホが使えないから時間を持て余すんだよね。

「師匠の家を出て一人暮らしを始めた時もそうだったんだよな……それまでは師匠と桂香さんと姉弟子と俺の四人で暮らしてたし、俺と姉弟子は一緒の子供部屋で寝起きしてたから、喋れば誰かが反応してくれて……」

その癖が抜けなくてブツブツ一人で喋ってたってわけだ。

「これ癖になると普通に対局中とかブツブツ無意識にやっちゃうからな……中継とかされてる時に独り言呟いてると変な人って思われるし、自重しないと……」

ちなみに囲碁のプロは対局中もめちゃめちゃボヤくらしく、独り言を口にしても別に何とも思われないと聞いたことがある。

「あれは何でなんだろうなぁ？　囲碁と将棋で脳の使い方が違うとか？」

将棋も昔は午前中は対局相手と競馬や野球の話をしたり、相手の手番だと寝っ転がりながら雑誌を読んだりしてたらしいが、今は朝からピリピリムードで挨拶も目礼程度。

特に関東での対局はみんな殺気立ってて怖いくらいだ。

「少人数でアットホームな関西と比べて、関東は人との繋がりが薄くて将棋会館の雰囲気も全然違うからな……あいも明日の対局で萎縮しないといいけど……」

また独り言が止まらなくなりかけた、その時。

ピンポーン。

「あ、はーい」

インターホンの音に返事をしつつ俺は玄関へ移動する。チャーハンの温めもあと一分半で終わるから、にわかに忙しくなってきやがった。

何だろう？　宅配便かな？

まさかあいが東京から土産を送ってくれたとか？　昨日の夕方に到着したばっかりでそれはないだろう。

「はーい。どなたです………か？」

ガチャ。

ドアを開けたものの、視界には何も映らなかった。

「………あれ？　誰もいない？」

「いりゅよー」

「へ？」

こ、この声は……!?

視線を下に向ければ、そこには金色の髪が見える。

背が低すぎて最初は視界に入らなかったが、そこにいるのは紛れもなく――

「シャルちゃん⁉」

「ちちょー♡」

ぽすん！

俺の膝のあたりに頭ごと突っ込んできたのは、紛れもなくシャルロット・イゾアールちゃん（6歳）だった。

フランス人で、あいの将棋友達。研究仲間だ。

「あれ？　シャルちゃん聞いてない？　あいは今、東京に行ってて留守なんだよ。だからＪＳ研はお休みのはずで──」

「ん！　しってりゅ」

「知ってる？　じゃあ何をしに……」

「しゃうね？　んーとね。しゃうね？　あのね？　あのね⁉」

「お、落ち着いてシャルちゃん！　あんまり俺のズボンを引っ張らないで！」

「ちちょのおよめたんだかぁ、おうてぃのことすぅの！」

舌っ足らずな独特の口調で熱っぽく語るシャルちゃんは、こう言っていた。

『師匠のお嫁さんだから、おうちのことする』

「つまり……あいが研修に行くことを知って、家事をする人がいなくなっちゃうから、代わりに自分が家事をしにきた……ってこと？」

「うぃ！」

家事……シャルちゃんが……？

気持ちは嬉しい。そりゃ嬉しい。

けど現実問題として、シャルちゃんに家事ができるとは――

「しゃう、しょーぎたいかいでゆーちょーしたよー？」

「うん。確かに将棋大会で優勝したけど、それと家事とは関係なくない？」

「ありゅの！　ちちょーにおれーちたいの！」

「お、お礼？」

俺のズボンのちょうど股間の辺りをギュッと握り締めながら、シャルちゃんは叫んだ。

自分のために大会を開いてくれたお礼がしたいと訴える六歳児の純粋な気持ちを退けることは、俺にはできなかった。


「えっと、じゃあ……何からしてくれるのかな？」

取り敢えず家の中にシャルちゃんを招き入れると、俺は慎重に確認した。

「お掃除？　お洗濯？　お料理？　それともお買い物とか？」

「しゃうね？　おくちゅしょおえたんだよー？」

おくちゅしょ……お靴を揃えたって？

「あ！　ほんとだ。シャルちゃん、えらいねー？」

「えへへー♡」

既にお手伝いを一つ完了しているとは……。

もしやこの子、思ったより家事スキルが高いのでは⁉

「しゃうのおうてぃね？　おちぇちゅらいしゃんがいうんだよー？」

『シャルのお家ね？　お手伝いさんがいるんだよ』

ウキウキした様子でシャルちゃんはこう言った。

「あー……だから普段は自分でお手伝いすることが無いんだね？　お手伝いさんが全部やっちゃうから」

「ん！」

お手伝いさんが全て(すべ)の家事を先回りしてやってしまうシャルちゃんにとって、自分で家事をやってみるというのはちょっとした遊びみたいな感覚なんだろう。

そういえば俺も師匠の家で内弟子生活を始めた頃、桂香さんと師匠から「弟子の仕事や」と申しつけられた家事をするのが楽しかった。

廊下の拭き掃除や、毎朝ポストから新聞を取ってくるとか、どれも今から考えれば家事と表現することすらおこがましいような「お手伝い」レベルのお仕事だ。

　これらは修業というよりも、そういう生活する上での役割を与えることで俺や姉弟子が居候しやすいようにする師匠の配慮だったと今ならわかる。

　そういう気持ちがわかるから俺もシャルちゃんの申し出を拒むことはできない。

　……ところでシャルちゃんの靴は、誰かが来た時に備えて靴箱に隠しておこう。こういう慎重さがトッププロには求められるのである。棋士は先を読むのがお仕事だからね！

「ちちょ」

　俺が靴を隠していると、シャルちゃんがズボンをくいくいと引っ張りながら言った。癖になってるな。

「しゃう、めーろふくほてぃーんんだよー」

「迷路？」

「めーろ！」

「めい…………あっ！　メイド⁉」

「ん！」

「つまり迷路服って……メイド服⁉　ってことぉ⁉」

「うぃ～♡」

　どうやらシャルちゃんの家にはお手伝いさんがいて、そのお手伝いさんはメイド服を着てお仕事をしているらしい。

うーん……。

この子の親御さんについては情報が乏しいんだけど、もしかしてメチャメチャ上流階級のお嬢様なのでは……？

そんな幼女を単独で自宅に入れて奉仕させせたなんて話が外に出回ったら国際問題になるんじゃなかろうか……今さらながら怖くなってきたな……。

でも、来ちゃったものは仕方がない。

軽く家事をやってもらってご機嫌を取ってから、同じ将棋教室に通っている貞任綾乃ちゃんに連絡を取って、どうしたらいいか相談しよう。

「けど、メイド服って言われてもなぁ。どこに売ってるんだろう？」

「ねっとぉ？」

ネット通販で調べろとシャルちゃんは言う。確かにネットは広大だから、シャルちゃんにぴったりのメイド服も見つかるだろう。インターネットに不可能はないのだ。

とはいえ明日の夜にはあいが帰って来る。

もし、あいが届いたメイド服を手に取るようなことがあれば――

『師匠？　ちょっといいですか？』

『ん？　どうしたあい？』

『……なんでシャルちゃんにピッタリのメイド服が、このおうちにあるんです？』

『通販で……』

『買ったんですか!?　どうして!?』

『まあ……ほら。棋士ってインドアな職業じゃん？　だから気分転換にネット通販サイトなんか覗（のぞ）いてると、思わずポチッちゃって……』

『師匠のだら！　ロリコンキング！　まったく！　師匠にお金とネットを与えると、ろくなことをしません！』


……みたいな展開が容易に想像できすぎる。

そもそも今日中に欲しいものをネットで注文しても間に合わないだろう。そう思いつつ検索してみると、意外なことに間に合う可能性があると判明した。

「ヨドバシの通販なら最短で当日に届くのか……でも電気屋に幼児用のメイド服なんて売って……………あったわ」

オーソドックスな白と黒を基調とした、シンプルなメイド服が売っていた。評価も☆４つでそこそこ高い。

「こえ、ぽちうよー」

「はいはい。ポチッと」

買ってしまった……。

ほら、通販だと買い物のハードルが下がるから、普段なら絶対に買わないようなものも何となくノリで買っちゃう？　みたいな？

でもこれ家に置いておくわけにもいかないよなぁ。あいに見つかったら絶対怒られるもん。

「………まあ、シャルちゃんにあげればいいか」

「おー？」

帰宅したシャルちゃんが親御さんにメイド服を披露して九頭竜八一というプロ棋士に買ってもらったとか説明したらそれはそれで事案になりそうな気はするが、まあシャルちゃんにおねだりされてついつい買い与えてしまったと言えばワンチャン許されるかもしれない。シャルちゃんのおねだりを拒否ることができる人類なんていないからね！

「じゃ、掃除なんかはメイド服が届いてからするとして……」

ぶっちゃけ届くとしても夕方くらいにはなるだろうし、その頃にはシャルちゃんがこのメイドごっこに飽きたり眠くなっていたりなんてことは十分に考えられる。

「それまではどうする？　テレビでも見る？」

「しゃう、ごはんもちゅくってきたんだよー！」

「ええ!?　シャルちゃんの手作り料理があるの!?」

「むふー♡」

台所まで行って背負っていたリュックサックを下ろすと、シャルちゃんは中から大きめのタッパーを取り出す。

中から出てきたのは……おにぎり！

しかもただのおにぎりではない。

フランス人であるシャルちゃんが自分で握ったことが一発でわかる、非常に独自性の高いおにぎりだった。

「おにぎぃはね？　ぱりでもいっぱいうってゆんだよー」

「ほー。パリでも人気なんだねぇ」

そういえば何期か前の竜王戦はパリ対局があって、当時四段だった先輩棋士が記録係として同行したんだが、その人から『パリでは和食が人気だ。寿司はもちろんだが、おにぎり専門店もある』と聞いたことがある。

そしてパリで人気ナンバーワンのおにぎりについて、こう語った。

『オリーブオイルとトマトで味付けがしてあった』

今まさに俺が見ているおにぎりもそれと同じだった。

ドロッドロだ。

「おおー……………これ、具も入ってるの？」

「もちぉん」

「何が入ってるのかな?」

「ぐみ」

グミ……。

慎重におにぎりを観察する俺が食べることを拒否していると思ったのか、シャルちゃんは重ねてこう言った。

「しゃうのことしゅきなぁ、なんでもおいてぃくたべれゆんだよー?」

『シャルのこと好きなら、何でも美味しく食べられるんだよ』

オイルとトマトでぐちゃぐちゃのおにぎり(グミ入り)を前にしてシャルちゃんは天使の笑顔のまま悪魔のようなセリフを口にした。

「お、おお……? いま俺、初めてこの子の闇を見てるな……」

「やみー?」

「いやいや。うん。確かにシャルちゃんの作ったものなら何でも美味しく食べちゃうから!」

俺はタッパーの中に手を伸ばすと、躊躇なくそれを口に放り込む。

オリーブオイル? トマト?

ぜんぜん平気ですが?

だって姉弟子が作ったものより百万倍マシだから!

シャルちゃんは、食べられる素材を、常識の範囲内で調理している。

そりゃあ水分が多すぎてお米が少し柔らかかったり、握り方が微妙でぽろぽろ崩れたりもするし、中に入ってる具がグミ（果汁一〇〇％）だから根本的に米の味と合わなかったりもするが、とにかく人間が消化吸収できる物質で全てが形成されている。

一方、姉弟子は？

あれはそもそも食べられないような素材を、さらに食べづらくなるよう加工して、それを俺に食わせようとしてくる。拷問か人体実験だ。

だからシャルちゃんのはぜんぜん平気ィ！

「ごちそうさま！　おいしかったよ」

「どえがいちばんちゅき？」

「マスカットのグミが入ってたやつかな」

「おお〜」

シャルちゃんは驚いたように手を叩いた。それはどういう反応なんだろう。

その後、シャルちゃんは自分の作ったおにぎりは食べず、あいが作り置きしてくれた料理を美味しそうに平らげた。

「次は何をするの？」

「おふとんほしゅ」

食事を終えてパワーが回復したシャルちゃんは新たな家事に取りかかった。俺の部屋に入ってベッドの上の布団をひっぺがすと、それを一人で頑張って持ち上げて、ベランダまで運ぼうというのだ。

けっこう重いけど大丈夫か⁉

「んしょ。んしょ」

引きずってるねぇ……かわいいからいいけど。

ベランダと部屋とを隔てる窓の前まで布団をズルズルと引きずっていったシャルちゃんは、窓を開ける前にふとんを床に置く。

そして、こんもりと山みたいになったふとんを眺めると……ぽすんっ！

「このおふとん、ちちょのにおいがすぅんだよー？」

ふとんの山にダイブして、くんくんと匂いをかぐ。

ひぇぇぇ！　金髪幼女に俺の布団の匂いを嗅がれちゃってるよぉ！

「もふもふして、きもてぃぃんだよー……」

恥ずかしがる俺とは対照的に、シャルちゃんは特に匂いを嫌がる様子はない。むしろ気持ちよさそうに布団に身を任せている。

その身体から次第に力が抜けていって――

「すぅ……すぅ……」

寝ちゃったねぇ……。

どうやらお腹（なか）がいっぱいになって眠かったようだ。

普段から天使なシャルちゃんだけど、寝顔は本当に天使以上のかわいさだ。見ているだけで心が温かくなる。

「ふぁぁ～…………シャルちゃんの幸せそうな寝顔を見てたら、俺も眠くなってきちゃったなぁ……」

よく考えたら昨日の夜から将棋の研究を続けて徹夜していた。

それに、昼間の窓際ってのはポカポカしてて、ただでさえ眠くなるし……。

「一緒に寝るか……」

シャルちゃんが身を任せている布団の反対側に頭を預けると、俺もすぐに眠りに落ちていった。


…………。

…………ン。

……ポーン。ピンポーン。


「……ん？　誰か来た……？」

インターホンの音が聞こえて目を覚ました俺は、床に直で寝たことによって節々が痛む身体をゆっくりと起こした。

時計を見ると、二時間ほど寝ていたようだ。

そしてシャルちゃんはまだ寝ている。よく寝るなぁ。

「……こんな窓際じゃなくてベッドに移動させておくか」

俺は布団ごとシャルちゃんを抱きかかえると、自室のベッドに持って行った。けっきょく布団を外に干すことはできなかったけど、代わりにシャルちゃんという太陽の熱を吸収できたので十分に浄化されているはずだ。今夜寝るのが楽しみだね！

ピンポーン。ピンポーン。

「注文してたメイド服がもう届いたのか？　さすがヨドバシ」

確かに梅田（うめだ）のヨドバシはここから歩いて行けるくらいの距離だが、二時間前に注文した品がもう届くとは。素晴らしいサービスだ。今後はできる限りヨドバシの通販を使おう。

ピンポーン。ピンポーン。

「はーい。いま行きまーす」

まだ眠ったままのシャルちゃんをベッドに横たえると、俺は静かに自室のドアを閉めた。あまりピンポンピンポンされるとシャルちゃんが起きてしまう。

さっさと荷物を受け取って帰ってもらわなければ！

「……って、ちょっと待て？　俺が対面で幼女向けのメイド服を受け取るの？　俺が？」

ドアノブに手をかけた状態で考え込んでしまう。

どんな状態で運ばれてくるかはわからないし、配達員さんが荷物の中身を知らない可能性だってあるが……もし知ってたら通報の危険性すらある。

警戒するに越したことはない。俺はドアの外にいるであろう配達員さんに言った。

「あの、すいません。荷物だったら置き配でもいいですか？　ちょっと今、外に出られるような服装じゃなくて――」

「私」

「は？」

あれ？

この声、どっかで聞いたことが…………っていうか幼女が押しかけて来てそのタイミングでもっと恐ろしい何かがドアの外にいるというこのシチュエーション……以前にも経験したことがががががががががが。

「だから。私よ私」

ドアの向こう側にいる配達員が運んできたのはメイド服ではない。

それは『死』だった。

「さっさと開けろ」と言う姉弟子の声に、ノブを握る手が激しく震え始めた。

「その時、相手はこう指してきた。そこで余(よ)はすかさずこう受けた。すると相手はやや意外な手を選んで──」

私は桂香。清滝(きよたき)桂香女流3級。

女流棋士よ。

今年度になって女流棋士になった私は同じように女流棋士になりたての仲間たちと一緒に、東京の将棋会館で研修を受けていた。

二階の道場の隣にある研修室に集められた女流棋士は、私を含めて八名。

みんな今期に入ってから女流棋士になった人たちだった。つまり一年で女流棋士が八人も増えたことになる。あと二ヶ月でもっと増えるかもしれない。

──とんでもないスピードで増えてるのよね……。

女流棋士になるためには資格を得てから『申請』する必要がある。

これまでは様々な理由で、資格を得ても敢えて申請しなかった人たちもいた。

けれど今年に限っては申請する人が多かった。

理由は単純。

『駆け込み』だ。

今までは女流3級でデビューして、決められた期限以内に女流2級になればいいという『仮入会』制度があった。

けど来年からは最初から女流2級になる必要がある。

具体的には、今までは研修会でC1に上がれば申請できたけど、今後はB2まで行かなければ申請できなくなる。そのように制度が変わると予告されていた。

産児制限。

要するに、女流棋士になる人数を絞るということ。

この八人の中には私みたいに年齢制限ギリギリで戦っていた人もいる。制度の変更が発表されてからは生きた心地がしなかっただろう。

——それを思えばこの研修すら天国よね。

しかも午後の部の講師は、女流棋士会長でもある釈迦堂里奈女流名跡。

伝説の女流棋士だ。

「この手に対して余は残り時間のうち貴重な十六分を投じてこう指した。すると相手は半分の八分を使って応じてきた。この持ち時間の使い方は『半分返し』といって、こういう時間の使い方をすると終盤に時間が残せて有利に——」

《エターナルクイーン》の講義は自分の対局を振り返りつつ、女流棋士の実戦心理を解説するというものだった。

受講者の反応はといえば——

「すー…………すー………」

あいちゃんは気持ちよさそうに寝息を立てていた。

確かにお昼を食べた直後だから眠い。みんな眠い。

それに加えて釈迦堂先生の自戦解説は基本的に「余はこう指した。すると相手はこう指した」が繰り返されるため、どうしたって眠くなる。

……けど、釈迦堂先生の前で寝るなんて私には絶対できない。あいちゃん、大物ね……。

そしてもう一人、大物がいた。

「…………」

夜叉神さんは偉そうに腕と脚を組んで釈迦堂先生の話を聞きながら、明らかに『あんたより私のほうが強いんですけど?』オーラを出している。

「さて、ここで問題だ」

そんな小学生たちの反応を面白そうに眺めながら、釈迦堂先生が途中図を前にこう言った。

「次に余が指した一手がわかる者。挙手を」

中弛み対策の『次の一手クイズ』。

「「…………」」

これが子供教室だったら大盛り上がりなんだろうけど……。

他の女流棋士たち……年齢制限ギリギリの私と史上最年少組の二人に挟まれた、残りの五人の女の子たちは、視線を落として誰も手を挙げようとしない。

——怖いもんね。間違えるのが。

このクイズは自分の好きな答えを言えばいいってものじゃない。大先輩の指した手をちゃんと知ってるかどうかが問われている。釈迦堂先生がどう思おうが後輩たちはそう捉える。

だから考えても無駄。

知らないと答えられない系の問題なの。

そしてこの場に集まった新人女流棋士は正解を知らなかった。棋譜を並べてないから。

この子たちにとって釈迦堂先生はいい、い、過去の存在なのだ。

間違いなく、この子たちが一番並べている棋譜は《浪速の白雪姫》のものだろう。振り飛車党なら《嬲り殺しの万智》か、女流棋士じゃなくて《捌きの巨匠》のものかもしれない。

だから——

「はい」

私が手を挙げた。

なぜなら私は先生の棋譜は全て並べているから。

「では桂香くん」

「飛車を取る４八角成です」

「えっ!?」

他の受講者たちから意外そうな声が上がる。

この局面での指し手としては相当に難しい。なぜなら誰がどう考えても最善手だとは思えない手なのだから。

「正解だ」

　妖艶な笑みを浮かべて先生は頷いた。

「ふふ……知っていてくれて嬉しいよ。余の生涯の一局だからね」

「釈迦堂先生が女流名跡戦で指された手ですね。当時最も勢いがあった花立薊女王の挑戦を、この手で退けられました」

「そうだ。もっとも退けるだけで、余はあの子の持つ女王も女流玉座も奪うことはできなかったのだがね。その二つの栄冠は、桂香くんが育てた小さな女の子のものとなった」

「私が育てたわけでは……」

　銀子ちゃんの話題が出たことで、一緒に研修を受けている新人女流棋士たちが私に向ける視線の質が明らかに変わった。

　──……しんどいわね。注目されるのって。

　今までずっと日陰の中を生きてきた私にとっては、こうやって微かな光が当たるのも『つらい』と感じてしまう。

そしてここにいる女流棋士は、今のやり取りで多少なりとも私を警戒するようになった。それは長い目で見れば、私の勝率が落ちるであろうことを意味している。

「さて……早々に答えが出てしまったが、もしここで別の手があれば遠慮無く申してみなさい」

「あるわ。もっといい手が」

挙手すらせずノータイムでそう言ったのは、もちろんあの子だ。

「夜叉神天衣くんだね？　言ってごらん？」

「金を取って寄せに出る４九竜。これで勝てれば明快でしょ？」

「確かにその手は余も読んだ」

釈迦堂先生はあっさり頷く。むしろその手は誰でも読む。

「しかしその場合、先手から２五桂と打つことで後手玉が逆に詰むのではないかと余は考えたのだよ」

「っ⁉」

傲慢な小学生の表情が一変した。

「そして余はこの時点で一分将棋。危険な橋を敢えて渡らずとも勝てる手があれば、そこは手堅く勝ちに行くのが女流棋士というものだ。アマチュアとは懸かっているものの重さが違うのでね」

釈迦堂先生は先手が２五桂と打った場合の変化を高速で並べていく。夜叉神さんの表情は、かわいそうなほど青ざめていた。

「い…………一分将棋でそこまで読んで……？」

「ふふ。対局者はよく読んでいるだろう？」

——なるほど。つまりこれは研修って名前の新人イビリなわけね。

この研修に参加した女流棋士はほぼ全員が釈迦堂先生に苦手意識を持つ。盤上でも盤外でも《エターナルクイーン》は全く手を抜かない。この警戒心の強さが、長年トップに立ち続ける秘策の一つなんだろう……。

それでも史上最年少で女流棋士になった逸材はちょっとやそっとじゃ折れることなく釈迦堂先生に対して果敢に挑み続けていた。

「け、けど！　同歩と取ればやっぱり先手玉は詰んで——」

「それは当然読んだ。しかしそこで先手がこう王手を続ければ、やはり後手玉が——」

両者の口調が次第に激しくなっていく。

夜叉神さんの口調がキツいのはもともとだけど、釈迦堂先生も頑固さが出てきた。これは棋士の習性みたいなものね。この論争は誰でもこうなる。

詰む詰まない論争だ。

こうなると棋士という生き物は永遠に終わらない。コンピューターでも持ち出さない限り、ああだこうだと喋り続けて、もうすぐ終わるはずの研修が延長になるだろう。

それは困る。

――だって……夕食のお店が予約してあるんだもの！

そんなわけで私は隣で寝息を立てているコンピューターを揺すって起こした。

「あいちゃんはどう思う？」

「ふぁい⁉」

寝ぼけ眼を両手でゴシゴシしてから局面を見たあいちゃんは、一瞬で結論を出す。

「あ、それ先手が詰んでます。えっと……一九手ですね！」

「「っ……⁉」」

愕然とする一同を尻目にスラスラと手順を並べると、あいちゃんは気持ちよさそうに「ん〜！」と伸びをしてから、周囲を見回してこう言ったのだ。

「……あれ？　わたし、へんなこと言いました？」

こうして過去の名手は一瞬にしてその評価を変えた。勝利をたぐり寄せた一手のはずが、一分将棋で怯んで詰みを逃した手になってしまったのだ。まるでコインを裏返すかのように、いとも簡単に。

そして《エターナルクイーン》はこう言って研修を締め括ったのだった。

「今年の新人は期待できそうだよ。豊作だな」

「もっと早く玄関開けなさいよ。何をグズグズしてたの？」

「あ、あ、あ………あ、あ、ああ……」

研究会もVSの予定も入れてないのに家に来た姉弟子を前に、俺は完全に固まっていた。

そしてフリーズした俺の脇を抜けて姉弟子はズカズカと上がり込んでくる。

「ちょっと部屋、借りるわよ」

――あ……俺、死ぬんだ………。

あの薄いドアの向こう側には、俺のベッドの上ですやすやと眠る金髪幼女という爆弾が。見られたら確実に人生が終わる。

しかし姉弟子はクルッと身を翻し、俺の部屋とは反対側のスペースに向き直った。

そこには風呂と脱衣場がある。

「やっぱ脱衣場を借りるわね。着替えるから」

「き、着替える？」

突然押しかけて来た姉弟子は大きめの紙袋を手に持っている。そこに何か着替えが入っているということなんだろうか？

「ところでこれ。玄関前に置いてあったわよ」

戸惑う俺に対して、姉弟子は反対の手に持っていた段ボール箱を押しつけてくる。

ヨドバシからのお届け物だった。

「あ……置き配になってたのか……」

「何それ？　さっき置き配にしてほしいとか人前に出られない服装だとか言ってたけど、内弟子がいなくなった隙にエッチなＤＶＤでも買ったの？　通販で」

「そんなことしませんよ！」

「怪しいわね……まあどうでもいいけど」

エッチなグッズと決めつけた姉弟子は、汚いものでも捨てるかのようにこっちに箱を放り投げてきた。

勘違いなんだが……ぶっちゃけそのほうが助かる。

幼女向けメイド服だなんて知られたらこの程度の反応では済まないからな。未来永劫ロリコンの烙印を押されてしまうだろう。

脱衣所に行ってもらえるのも好都合だ。

今はとにかくシャルちゃんがいる俺の部屋にだけは入ってほしくない！

「ところで姉弟子？　今日はいったい何をし…………に…………？」

半開きになった脱衣場のドア。

その向こう側に見えるのは――

　さっさと服を脱いで下着姿になってる姉弟子の姿だった。

　おおおおい銀子さん⁉

「ちょ、ちょょっと姉弟子⁉　着替えるならドア閉めてくださいよ！」

「八一が覗かなかったら問題ないでしょ」

「何のためにドアが付いてると思ってるんですか⁉」

　慌てて目を閉じて後ろを向いた俺だったが、視覚を遮断しても聴覚はどうにもならない。

　スッ……シュル……という衣擦れの音が妙に生々しく迫る。

「もういいわよ。こっち見ても」

「……？」

　許可が出たので振り返ると——そこには信じられない光景が広がっていた！

「っ⁉　あ、姉弟子が………め、めめめ、メイド服を着てるゥ⁉」

「勘違いするんじゃないわよ？」

　と、高圧的に言いつつも。

　姉弟子本人も初めて着るであろうメイド服に若干の羞恥心を抱いているようで、微妙に顔を赤らめている。

　それがまた………かわいい。

「これは自分の服が汚れるとイヤだから、それで着てるだけなんだから。どうせ捨てるつもりだったからこの機会に有効活用しようと思っただけなんだからね！」

「………………はあ……」

俺としてはそう答えるだけで精一杯だ。

こういう服を着た姉弟子を見るのは、原宿で行われた釈迦堂先生の研究会に同席した時以来だけど……あの時の服よりもはっきり言ってエロい。具体的にはスカートの丈が短いし、胸元も開き気味だ。

あの時もそうだったけど……人間はあまりにも美しいものを目にすると、言葉を発するのが難しくなる。

とはいえこれだけは聞かざるを得ない。

「あの………ど、どうしてメイド服なんて持ってるんですか……？」

「言っとくけど私は自分でメイド服を買うような変質者じゃないから」

「………」

自分でメイド服を買ってしまった俺は黙って先を促した。変質者っぽいことをしているなという自覚はある。

「これは月夜見坂燎と供御飯万智が、女流棋士会のイベントで私に着せようとして押しつけてきたメイド服よ」

「そういえばありましたね。そんな企画」

ちょうどあいが正式に内弟子になった頃のことだ。

ちなみにメイド服とバニースーツの二択で、バニーのほうは俺が自分の手で姉弟子に渡すことになったんだが、どういうわけかキレられてブン殴られた。

「その服ってずっと姉弟子が持ってたんですか？」

「万智さんに押しつけられたのよ。でもこんなの家に持って帰れるわけないから、棋士室のロッカーに放置してたの。それを最近になって男鹿（おが）さんから『私物は持って帰るように』って言われて」

「なるほど。じゃあバニースーツは？」

「捨てた」

そりゃそうか。

「メイド服は掃除とかの作業着に使えるかもしれないと思って」

「作業着……って感じには見えないですけどね。どっちかというと接客業向け？　みたいな？」

ミニスカートでフリフリも多いデザインだ。

日本橋（にっぽんばし）のオタロードで夕方になると客引きしてるメイドそのまんまの格好をした姉弟子だが、ルックスのレベルが高すぎて神々しさすら感じる。

ぶっちゃけかわいい。

すごくかわいい。あんまり言うと調子に乗るから言わんけど。

「ムカつくことにサイズもぴったりなのよね。どうやって調べたのかしら？」

「似たような体型の人が着てましたからね」

月夜見坂さんのモデルのようなスラッとした体型を思い浮かべながら俺は言った。本当にピッタリだ。特に胸の辺りが……。

そんな俺の視線の意味を取り違えた姉弟子は「ふっ」と優越感を漂わせた笑顔を浮かべながらポーズを取る。

「八一にはちょっと刺激が強すぎたかしら？　写真を撮るのは禁止だけど、まあジロジロ見るくらいは許してあげるわ」

「あっハイ」

まさか『金髪幼女のメイド服姿というもっと刺激が強いものを見る予定なのであなたには特に興味無いです』とは言えない。

「それで……姉弟子は何をしに俺の家に来たんですか？　メイド服を着に来たの？　実家じゃ気まずいから？」

「ぶちころすぞ？」

姉弟子はメイドらしからぬ鋭いローキックで俺の臑を蹴る。普通に痛い。

そして短いスカートの裾を指で摘まんで持ち上げて、

「この服を見たらわかるでしょ？」

「いやわかんないから聞いてんですけど……」

「研究で疲れてる八一のために、家のことをやってあげようと思って。あの家政婦みたいな内弟子がいなくて困ってるんでしょ？」

「え⁉　あ、姉弟子が家事を⁉」

俺は痛みも忘れて叫んでしまった。

「そんなに驚くことないじゃない。ここに引っ越したばっかの頃はよくやってあげてたし……小学生が来る前は」

「やって……た？　家、事……を？」

この人は何を言ってるんだ？

確かに引っ越してきたばかりの頃は勝手に上がり込んで家の中で何やらガチャガチャと余計なことをしまくっていたが……というかこの部屋を借りるのにも付いて来て『ここでいい』って不動産屋に返事をしたのもこの人だったが……家事らしきことをしていただいた記憶は一切無い。

俺とは違う時空で生きているらしい姉弟子は、ムッとした表情で反論してくる。

「やってたじゃない。洗濯とか料理とか。忘れたの？」

「せんたく……？　りょう……り……？」

「や・り・ま・し・た。ふぅ……男って本当に勝手よね。自分の都合のいいことばかり憶えてて、こっちがやってあげたことはすぐに忘れるんだから！」

「ま、まあ？　確かに洗剤を混ぜて服と一緒に洗濯機に放り込んでスイッチを押したりはしていましたが……俺の対局用のスーツをあろうことか対局前日に洗濯してネクタイごとシワシワにしてくれたり………あれって嫌がらせかと思ったんですけど、本気で俺のために何かしようと思ってやってたの？　マジで？」

「だって洗濯するでしょ？」

「家でスーツは洗わないんだよなぁ」

「けど汚れてたし！　ワイシャツとか変な匂いしたし！　それで、汚れと匂いがいっぺんに落ちるようにいろんな洗剤を混ぜて──」

「変なガスが出て近所の住人に通報されたんですよね。対局前日に警察と消防が来て俺は夜中まで調書を取られ将棋の研究ができないどころか睡眠すら十分に取れなかったんですが？　姉弟子だけさっさと逃げたから！」

「そ、それは………何と何を混ぜたかなんて憶えてなかったから……」

「だからどうして混ぜるの⁉　混ぜちゃダメって書いてあるでしょ⁉　ダメって書いてあることを何故(なぜ)するんですか⁉」

「八一だってファミレスとかカラオケボックスのドリンクバーでジュースとか混ぜたりしてるじゃない！」

「ジュース混ぜたって変なガスは出ねぇよ！」

「ぐっ……！」

「さらに言えば最近の洗剤はどれも安全だから混ぜたってそうそう毒ガスなんて作れないんですよ⁉　いったいどんなミラクル起こせばあんな悲劇が生まれるんですか⁉」

形勢の好転を感じた俺は一気に攻めに転じる。

「料理だってそうですよ！　せめて食べられる物で構成されてたら『料理』と認識もできますけど、人体では消化吸収できないような素材を鍋で煮たところで食べられはしない――」

「あの頃の私とはもう違うから‼」

バシーン！　突然飛んできた平手打ち。姉弟子は暴力を行使して議論を打ち切った。あの頃と全く変わってない！

「台所、借りるわよ」

姉弟子は台所へ足音高く踏み込んで行く。

「八一は自分の部屋で研究をしてていいわよ。料理ができたら呼ぶから」

「はあ……」

シャルちゃんが寝てる自分の部屋に戻れるのはありがたいが、その前に、自分の身の安全も確保する必要がある。姉弟子が台所で何をするのかは見届けたい。

台所に到着した姉弟子は真っ先に包丁を確保した。こわい。

次に、冷蔵庫を勝手に開けて、食材を吟味する。包丁を持ったまま。こわい。

冷蔵庫の中にはあいが作り置きしてくれた料理なんかも入ってるが、それを見て「チッ」とあからさまな舌打ちをする（捨てるかと思ったけどさすがにそこまではしなかった）と、大きめの豚の塊肉を見つけて『これでいいか』みたいな顔をすると、まな板も敷かずに肉を台所に置いてザシュザシュと包丁を突き立て切り始めた。

食えるモノが出来上がるわけがないんだよなぁ……。

「……やってることが六歳児以下とか……この人やばいわ……女としてやばいわ……」

「何か言った？」

姉弟子はこっちを振り返った。

包丁を持ったまま。

「いえいえいえいえいえいえいえ！」

俺は高速で首を横に振った。今の一瞬で《捌きの巨匠》が生涯で飛車を振った回数くらい首を振った気がする。

「ろ、六歳の頃の銀子ちゃんと比べて成長したなぁって！　台所にメイド服で立つ姉弟子を見て、改めてそう思ったんです！　立派な女性におなりになられた……」

「どうせエッチなこと考えてたんでしょ？」

「だ、だってかわいいもん！　思わず後ろから抱きつきたいくらいに！」

「……ふん。褒めたって料理の味は変わらないわよ?」(ニヤニヤ)

「かわいいかわいい! メイド服姿の姉弟子最高! 男子の夢! 姉弟子みたいな美少女にお世話してもらえて俺は幸せ者だなぁ!」

「ちちょー」

「まあ八一がしてほしいって言うなら? 今日だけとはいわずに毎週来て料理してあげてもいいけど? もちろんあの生意気な内弟子を追い出すのが条件………ん?」

姉弟子は握っている包丁をゆっくりと振り上げながら、

「………今、幼女の声がしなかった?」

「は? しませんでしたけど?」

俺の耳にもシャルちゃんの声がはっきり聞こえた。

しかしそんなこと絶対に認めるわけにはいかない。認めた時点で俺は刺される。あの豚の塊肉のように。

「もしかしたら外で遊んでる子供の声が聞こえたんじゃないですか? この商店街、近くに小学校もあるから」

「そうかしら? あの金髪のチビ……シャルっていったっけ? あれの声がしたような気がするんだけど?」

「っ‼」

「このまえの将棋大会でしこたま聞いたから間違えるわけないし。もしかしてあんた……一人暮らしになったのをいいことに、さっそく別の幼女を連れ込んで――」

「違います違います違います！　い、いくら俺でもそんなことするわけないですよ！　大事な対局だって近いのに……」

「じゃあさっきの声は何だったの？　あれは絶対に勘違いじゃないわよ」

「そ、それは………」

俺は一瞬だけ答えを躊躇ってから、覚悟を決めてこう叫んだ。

「それは多分スマホです！」

「はぁ？」

「スマホの着信音！　俺、スマホの着信音をシャルちゃんの声にしてるんです！　ほらっ‼」

俺はスマホを姉弟子の目の前に掲げると、画面を自分に向けたまま、保存してあるシャルちゃんの動画を適当に再生した。

『ちちょー』とか『おうてー』とか、シャルちゃんがキャッキャしてる声が響き渡る。

「…………キモ」

地味に傷つく一言を残して、姉弟子は料理（？）を再開した。

ふぅ……どうやら誤魔化せたみたいだな……危ない危ない。

「しかしあんな言い訳で誤魔化せるとか……俺は幼女の声を録音してスマホの着信音に設定してもおかしくない病気レベルのロリコンと思われてるんだな……素直に喜べないな……」

ボヤきながら、俺は素早く自室に入って中から鍵をかけた。


---

「シャルちゃん。静かに聞いてくれるかな？　命にかかわる話をするから」

「いのちー？」

案の定シャルちゃんはもう起きていて、俺の部屋で漫画を読んでいた。漫画の続きに熱中するあまり部屋から出ようとはしなかったのは不幸中の幸いだ。奇跡と言っていい。

口の前に人差し指を立てて『静かに』のポーズを取りながら俺はこう提案した。

「今から隠れんぼをしよう」

「かくえんぼー？」

「そう。さっき姉弟子がこの家に遊びに来たんだけど、シャルちゃんと隠れんぼをしたいって言うんだ。やってくれるかな？」

「ん！　ん！」

退屈だったからか姉弟子と遊べると思ったからか、シャルちゃんは口を閉じたまま目をキラキラと輝かせて何度も頷いた。

「姉弟子は鬼だから、シャルちゃんが隠れてね？」

『姉弟子が鬼だから』と言おうとして若干日本語が乱れてしまった。むしろ正確に表現したような気もする。

さっそくシャルちゃんはベッドの上の毛布にくるまって、

「かくえんぼ、たのしーんだよー！」

「シャルちゃん」

「おー？」

「遊びじゃないから」

「……ふぇぇ？」

不思議そうな顔をするシャルちゃんの肩を強く摑みながら、俺は必死に伝えようとする。今の状況がどれだけ危険かを。

「いいかよく聞くんだ。あれはお姫さまじゃない。お姫さまの皮を被った鬼なんだ。ホワイトヘアードデビルなんだ」

「でび……ゅ？」

「そうデビルだよ。赤ずきんちゃんに出てきた悪い狼がおばあさんの皮を被って化けたように、あの鬼も美少女の皮を被ってはいるけど……本当はね、恐ろしい魔物なんだよ」

「ひぇっ……！」

「今も台所で包丁を使ってお肉を切ってるんだ……シャルちゃんみたいな美味しそうな子供を見つけたら、きっと頭からバリバリ食べちゃうつもりなんじゃないかな？」

「いやぁ！　しゃう、たべらえりゅの、いやぁ！」

涙すら浮かべながらシャルちゃんは俺に縋り付く。

姉弟子に対する罪悪感は……ぶっちゃけあんま無い。実際に俺の部屋でシャルちゃんが見つかったらだいたいそんな感じのことが起こるはずだから。

「そういうわけでシャルちゃん。本気で隠れんぼしてくれる？」

「ん……」

「ありがとう。さっきみたいに大きな声は出さないようにね？　できる限りこの部屋で大人しく隠れてて。なるべく早くシャルちゃんが脱出できるように——」

「ちちょー……」

「ん？」

「しゃう、おなかしゅいた……」

悲しそうな声でそう訴えるシャルちゃん。

お昼ご飯を食べてから数時間が経過しており、育ち盛りの幼女にとっては空腹を我慢するのは苦しいに違いない。

しかし台所で姉弟子が料理をしているのに食べ物を持ってこの部屋に入るのは難しい。「私の飯が食えないの？」と包丁でメッタ刺しにされるかも……。

くぅぅ……とかわいく鳴るシャルちゃんのお腹。

どうする⁉

リスクを冒してでも何か食料を手に入れて来るべきか⁉

まるで対局中盤に訪れた勝負所でもあるかのように、俺は必死にどちらが最善手（さいぜんしゅ）かを考え続けていたのだが――

その時、コンコンとドアをノックする音がした。

「八一。ごはんができたわよ」

☖

こんがり焼けた肉の塊をナイフで切り分けながら、私は今日の研修をこう総括する。

「本当に時間の無駄よね！」

私は夜叉神天衣。女流棋士よ。

昨日の夕方から将棋会館に前泊して朝から夕方まで八時間もの研修を受けたけど、それは決して有意義なものとは思えなかった。

「ウィキペディアでも読めば足りるような情報を定年退職した新聞記者から延々と聞かされるのが研修？　ロートル女流棋士から遙か昔の自慢話を聞くのが研修？　私が将棋連盟の会長だったら即刻こんな無駄な時間は排除するわ！　その時間で棋譜並べとか詰将棋（つめしょうぎ）でもしたほうが遙かにマシよ！」

「じゃあさっさと会長になってちょうだいね」

「ええ。会長になったら、あんただけ毎月研修を義務化してやるわ！」

「仰せのままにー」

平然とそう言いながらワインを飲んでるのは清滝桂香。実にいいご身分よね。明日は対局もあるのに。

女流棋士になって生活が激変するかと思ったけど、今日の研修はまるで学校の授業みたいだった。

一応、記録係もやる必要があるみたいで、その方法も教わったけど……現実問題として、小学生のうちは免除されるらしい。

公式戦もなるべく休日に組んでもらえるらしく、そうなると研修生の頃とほとんど変わらない。

ただ一つ、変わることがあるとすれば……。

——勝てば勝つほど強い相手と戦える。

そして……両親の夢だったタイトルにようやく手が届く。

今はそのことだけを考えて、ただ前に進む。こういうわかりやすい状況に自分を追い込むことで、私はもっと強くなれる。

研修で受けたことは早々に頭から消えていた。

今はただ、明日どんな将棋を指すかだけを考えている。

「手が止まってるわよ？」

そんな私に清滝桂香が声を掛けてきた。

「冷めちゃうじゃない。せっかくのステーキが台無しよ？」

「……ふん。関東に来たって、対局の他にはこのくらいしか楽しみが無いものね！」

私は肉の塊を猛然とナイフで切り分け始める。

以前、マイナビ女子オープンの一斉予選に出た後に、ＪＳ研の連中と合流して東京観光をしたことがあった。

あの時は晶が東京観光したがってたし、私も東京の有名道場で腕を磨こうと思ったんだけど……やっぱり神戸が一番ね。

「ま、神戸牛のほうが一億倍くらい美味しいけど！」

「その割にはよく食べてるじゃない」

「たまにはこういう固くて雑な味が欲しくなるのよ。ジャンクフード？　みたいな？」

清滝桂香に指摘されたとおり、今日の私は自分でも驚くほどよく食べている。

対局の前には血の味が欲しくなるからだろうか？

そんな私とは対照的なのが――

「あいちゃんも。スマホは置いてステーキを食べたら？　冷めちゃうわよ？」

「…………」

声を掛けられても、そいつはスマホを手放そうとはしない。

研修中ずっと起きていた私や清滝桂香と違って、雛鶴あいはほとんど寝ていた。たぶん学校の授業とかでもあんな感じなんだろう。強くなるために不要と判断したものを本能レベルで切り捨てる思い切りの良さ。それが垣間見えた。

最近のプロ棋士は将棋と学業を両立できるタイプが多い。

序盤の研究なんかは学校の勉強と似た部分があるため、いわゆる『優等生タイプ』の勝率がいいから。

けれど優等生は勝負師にはなれない。

そういう意味では、悔しいけど……こいつには勝負師としての凄味を感じる。

誰も発見できなかった詰みを一瞬で、しかも寝起きで見つけたあの姿を見て、私はその凄味を肌で感じた。

九頭竜八一と同じような凄味を。

「そういえば……あんた前にこの店に来た時もこうしてスマホ見てたわよね？　あれは師匠が頭と胸元が緩い感じの女流棋士とネット解説でデレデレしてて、それを見咎めたあんたがＪＳ研を引き連れて中継に乱入したんだった……けど………」

　あいの持つスマホの画面をチラ見した私は、凍り付いた。

「……ちょっと。今もそのスマホ、師匠が映ってるんじゃない？」

「うん。そうだよ」

「そうだよって………あ、あんたまさか……師匠の部屋に監視カメラを設置してきたわけ⁉」

「ちがうよー。正気の沙汰じゃないでしょ⁉」

「ちがうよー。監視カメラなんて置いてないよ？」

「じゃあそれは何⁉」

「これ？　これはねぇ――」

　よくぞ聞いてくれました！　みたいな感じで、雛鶴あいは瞳孔が開ききった両目でこう言った。

「見守りカメラだよ！」

「見守り……？」

「うん！　赤ちゃんとかペットとか、お家に残してきた子の状態を親が確認するために使うカメラなの。二〇〇〇円くらいで買えて、こうして自分のスマホでリアルタイムで確認できるんだよ！」

「え？　それってリアルタイムで師匠の部屋を盗撮してるのと何が違う――」

「見守りだよ？」

雛鶴あいは首を小さく傾けながら、私の言葉に上から被せてくる。

DVを『愛情だよ？』と言ってくる毒親も、きっとこんな顔をしているんだろう。見たことないけどきっとそうだ。

ゾクゾクと背筋が凍り付く。

凄味を感じた。

常人には無い……凄味を……。

「あいがこうして見守ってないと、師匠はすぐに悪さをするから。だからちゃんと見守っておかないと。ね？」

「…………………」

「はぁー。出張したら毎回こうして見守らなくちゃいけないから、せっかくのステーキもゆっくり食べられないや。女流棋士のおしごとって大変だなぁ！」

たいへんだーたいへんだーと言いながらようやく肉を切り分け始める。もちろん視線はスマホに注いだまま瞬きもしない。その状態で器用に肉を切り分けていく。

私は小声で清滝桂香に言う。

「ね、ねえ…………大丈夫なの？　あれ……」

「公式戦の最中はスマホ禁止だから大丈夫なんじゃない？」

「そういう意味で言ってるわけじゃないんだけど……」

切り分けたステーキに齧り付き、そのあいだもスマホから目を全く離さない姉妹弟子に対して、私は心の中で突っ込んでいた。

それは絶対に女流棋士の仕事じゃない、と。

☗

当然だが、あいが設置したカメラの存在を俺は把握している。

いくら何でも小学生が隠れて勝手にカメラなんて設置しない。

あいが二泊三日の遠征に行く条件として「師匠？　これは見守りカメラです。あいがどこにいても師匠を見守ることができるように師匠のお部屋に置いていきますね！　……師匠が悪いことをしないなら別に置いてても問題ないですよね？」という理屈で俺の部屋に設置されたそのカメラは文字通り二四時間態勢で俺を監……見守っていた。

もちろん俺も対策は講じてある。小学生にずっと見守られるなんてとんでもない！　ストレスで精神が崩壊してしまう。

その対策とは――

『あいが研修を受けていてスマホを操作できないタイミングで、カメラと同じ角度から撮影した室内の動画を再生するタブレットをカメラの前に置く』

雑な策ではあるが、このカメラが音声は拾えないことはヨドバシのホームページで確認済みだ。この程度の対策でも十分過ぎるくらいである。

動画はパソコンの前に座って将棋の研究をする俺と、疲れてベッドに寝転がる俺を、交互に映し出している。八時間くらい将棋の研究をして、四時間寝て、研究して、寝て……をスクリーンセイバーのように繰り返すのだ。

今のところ上手くいってるようだった。

その証拠に、俺の部屋にシャルちゃんがいても、あいからは未だ何の反応も来ない。もう研修は終わってる時間で間違いなくカメラを見てるはずだから、何も言ってこないということは対策が機能しているということだろう……。

「どうしたの八一？　ぜんぜん食べてないじゃない」

ダイニングのテーブルで向かい合って座る姉弟子が、考え込んでいる俺に向かって言った。

「へっ⁉　あ、いや………ちょっと、将棋のことを考えてて……」

「ふーん」

姉弟子は作ったばかりの料理を前に不満そうな表情だ。頭の上のカチューシャをむしり取って床に投げ捨ててるし。

「ま、確かに研究の途中だと食欲もわきづらいわよね。捨てる？」

「いやいやいや！　これから食べようと思ってたところなんですよ！　びっくりするくらい美味そうですよねこの肉！」

いったいどんなモノを食わされるのか戦々恐々としていた俺だったが、意外や意外、普通に食えそうなものが出てきた。

アツアツの鉄板の上にベタッと置かれた一枚の豚肉。

付け合わせの野菜とかは無い。本当にただ豚肉を焼いただけの料理だった。

公式戦の前に腹を壊すのは避けたいので中まで火が通っていることだけはしっかり確認してから、俺はその肉を口の中に運ぶ。

こっ、これは……⁉

「うん普通（うまい）！　どうやって作ったんですか⁉」

「豚肉を適当な厚さに切って塩コショウ振って焼いただけだけど」

「それが成功の秘訣（ひけつ）ですね！」

「どういう意味？」

聞いたままだよ。

「いや、男ってほら、こういう雑……じゃない。し、シンプル！　シンプルな料理が無性に食べたくなるものなんですよ！　さすがメイドさんは男心がわかってるなぁ！」

「あんま褒められてる気がしない」

とか言いつつも姉弟子はまんざらでもない表情だ。床に捨てたカチューシャを再び頭に装着しているあたり、やる気を取り戻したらしい。わかりやすい。

俺はどんどん肉を頰張り（ほおば）ながら、

「こういうのでいいんですよ、こういうので！　将棋だって結局はシンプルな戦法が一番奥が深くて長く指されたりしますから！」

「そうよね。八一が得意な一手損角換わり（いってぞんかくがわり）みたいな捻った戦法って一過性のブームで終わるし変わり者しか指さなくなるもんね。ゲテモノ？　みたいな？」

このアマおだててやれば調子に乗りやがって……とは思ったが、今は姉弟子のご機嫌を取るのが最優先だ。

隙を見てシャルちゃんのための食料も確保しなくてはならない。

ここはとにかくおだてて調子づかせるんだ！

「このスープも美味いですよ！　どうやって作ったんですか？」

「下のコンビニで買って来た缶入りのポタージュを別の容器に移し替えてレンジで温めたの。おかわりもあるわよ？」

缶のままレンジに入れて爆発（ばくはつ）させなかった……だと⁉

銀子ちゃんマジで成長したなぁ。

「大正解！　こういうのでいいんです！　いやぁ大正解！　百点満点‼」

「妙に凝った手料理とか、重いもんね。大量に作り置きしていく女とか」

なるほど姉弟子はあいへの対抗心から、手抜きというか凝らない料理を作る気になったのか……弟子のおかげで命拾いしたぜ。

「ふぅ〜〜……ごちそうさまでした！」

「もういいの？」

「本当はもっと食べたいけど、あんまり食べ過ぎると眠くなって研究が進まなくなるからね」

あくまで『もっと食べたい』という雰囲気を出しつつ俺は席を立つ。

「ちょっと部屋でパソコンを確認してきていい？　食事の前に気になる局面をソフトにかけてきたから、そろそろ結論が出てると思うんだ」

「じゃ、私はお風呂の準備をしておくわ」

姉弟子も席を立った。

「眠くなったら入れば？」

「ん。そうさせてもらおうかな」

「片付けも私がしてあげるから八一は研究してきなさい」

「ありがと。銀子ちゃん」

師匠の家で内弟子をやっていた頃のような気安い口調で俺は礼を言った。

食器をシンクに運んで洗い物をする姉弟子は機嫌良さそうに鼻歌なんぞ奏でている。

さて、この隙に……。

☖

「お待たせシャルちゃん！　食べ物を持って来たよ！」

「ふぇ？」

お腹を空かせて待っていたシャルちゃんは俺を見て不思議そうに首を傾げる。

「ちちょ、なにももってないんだよー？」

「ふふふ……確かに手には持ってないけど、ここにあるのさ！」

ジャジャーン！

そんな効果音を口にしながら俺が食料を取り出したのは…………ズボン！

パンパンに膨らんだズボンにはバナナをはじめ様々な食べ物が詰め込んであるのだ！　姉弟子の目をかわすにはそれしか方法がなかった。本当だぞ？

「ほら！　シャルちゃんのためにいっぱい隠してきたんだよ！」

「わぁー♡　ちちょーのずぼんから、ばなながでたー」

すごいこと言われてるな……。

誰かに見られたり聞かれたりしたら絶対に通報案件だが、あいの見守りカメラは無力化してある。

だから俺は落ち着いてこう言った。

「ちょっと待ってね？　いま皮を剝いてあげるから」

「しゃう、のどもかわいたの……」

「喉が渇いた？　なら先にスープを出すよ」

「しゅーぷ！」

シャルちゃんは目を輝かせた。

俺はズボンのポケットから、姉弟子がコンビニで買って来た缶入りのコーンポタージュの予備を取り出すと、急いでプルトップを開けた。

弾みで少しシャルちゃんの顔に汁がかかってしまったが、拭き取るより早く口を付ける。

「んくっ……んくっ…………ちちょーのおしる、とってもおいしーんだよー！」

「そうかい？　もっと飲む？」

「のみゅ」

一気に飲み干してしまいそうな勢いでシャルちゃんは缶からポタージュを直飲みする。口の端から白くてとろとろした汁が垂れていく……絵面がヤバい。姉弟子が踏み込んできたらと思うと生きた心地がしない……。

その後、バナナも食べて人心地ついたシャルちゃんは、ポツリとこんなことを言う。

「しゃうね？」

「ん？」

「ちちょーのために、おてちゅだいがしたかったんだよー……」

「……シャルちゃん……」

そうだったのだ。

寂しそうに俯(うつむ)いているシャルちゃん。仕方がないとはいえ、この部屋にただ閉じ込めてしまったことは申し訳なささを感じる。

どうすればシャルちゃんに喜んでもらえるのか……。

「そうだ！　シャルちゃんのために注文したメイド服が届いたんだよ？　着る？」

「めーろふくっ!!　きうー！」

大喜びのシャルちゃんと一緒にヨドバシの白い箱を開ける。

中から出て来たのは小さなメイド服だ。

「ふぉ～。すっごくかわいいんだよー」

「じゃあ俺はちょっと外に出てるからそのあいだに着替えて……って!?　ちょ、ちょっとシャルちゃん!?　いきなり服を脱いじゃダメだってば!!」

「しゃう、めーろしゃんになうよ～」

キャッキャと楽しそうに服を脱いだシャルちゃんは、あっというまに下着姿になってメイド服を着ようとするが――

「……ほぇ？」

初めて着るメイド服をどうやって着たらいいかわからず、下着姿のままカチューシャだけ頭に載せたりしている。

「ちちょ、てちゅだって？」

「て、手伝ってって言われても……」

ついさっきまでお手伝いがしたいと言っていたシャルちゃんだったが、今は逆に俺に服を着る手伝いをしてくれと言っている。幼女は言うことがコロコロ変わる。対応力が試されている。

手伝おうとすれば半裸のシャルちゃんを間近で見ることになり。

手伝わなければ半裸のシャルちゃんが放置されることになる。むしろもっと裸に近づく可能性もある……。

「めーろふく、きぅのむじゅい」

「……じゃあ手伝うよ？　これはお手伝いだからね？　シャルちゃんにお願いされたからするんだからね!?」

半裸のシャルちゃんにメイド服を着せていく。

確かにパーツがいっぱいあって難しいな……。

「ええと、最初はスカートかな？　あ、ワンピースタイプなんだ」

最初にストッキングを穿かせる。長くて白いやつだ。

次にワンピースになってる服を着せて、それからエプロンを付けるようだ。エプロンは紐が長くて複雑なため一人で着るのは確かに難しそうである。

それにしてもシャルちゃんは本当にお人形さんみたいにかわいい。

リアル着せ替え人形……いやいや！　に、人間にそんなこと考えたら失礼でしょ!?

「ちちょ、もうおわり？」

「あとちょっと……うん。これで完成かな」

リボンやカチューシャといった飾りの部分を整えると、小さいけど立派なメイドさんの完成だ。

スカートを摘まんで楽しそうにシャルちゃんはポーズを取る。

「えへへー♡　しゃう、めーろたんだよー？」

「うんうん。世界一かわいいメイドさんだねぇ」

やばい。シャルちゃんマジ天使。金髪ようじょメイドたん最高しゅぎだよぉ……！

……姉弟子のミニスカ微エロ系メイド姿を見た時も、ちょっと思ったんだが……。

俺はもしかしたら、メイド属性がある……のか？

「おへやのおそーじするー！」

テンションがマックスまで上がってしまったシャルちゃんはそのまま掃除を始めようとする。

「ちょ、ちょっとメイドさん!?　静かに静かに！」

鬼が来ちゃうから！　と言おうとしたまさにその時だ。

コン、コン、コン、コン。

最悪のタイミングでドアがノックされた。死神のご登場である。

「八一。何を騒いでるの？」

「騒いでないです！　静かに研究してます！」

「また幼女の声がした気がするんだけど？」

「研修に行ってるあいや桂香さんから着信が来たからです！　着信音です！」

「さっさと設定変えたほうがいいわよ？　頭がおかしいって思われるから」

「わかりましたそうします！」

「ところで、お風呂の準備ができたわよ」

「ありがとうございます！　もう少し後で入ります！」

「…………」

「姉弟子？」

何ならそろそろ家に帰ってくれと言いたかったけど、そんなこと口にしようものなら怪しまれて部屋に踏み込んでくる可能性もある。

シャルちゃんには『静かに！』と目で合図して、そのまま鬼……じゃなかった、お姫様が立ち去ってくれるのを待っていたのだが。

ドアの向こうから衝撃的な提案が！

「背中を流してあげる」

「ええええええ⁉」

「何をそんなに驚いてるのよ？　どうせあの小学生には毎日やらせてるんでしょ？」

「やらせてませんよ！」

あいが『師匠！　おせなかを流します！』って自信満々で風呂に入って来ることは、同居を始めた頃は確かにあった。

けどそれはあいが温泉旅館の娘で、母親である女将さんからお客さんの背中を流す技術を習得しているから、それを試そうと言ってくれているだけだ。本人がそう言ってたからそうに違いないんだ。

「い、言っとくけど背中と頭だけだからね⁉　そのほかの汚い部分は絶対見せるんじゃないわよ⁉」

「汚い部分て」

自分でもとんでもないことを言ってる自覚はあるらしく、姉弟子の声はちょっと動揺が感じられた。

俺たちはお互いが四歳と六歳の頃からの付き合いだ。

その頃は一緒にお風呂に入ってたからお互いの裸を見ることにそこまで抵抗は無い……わけはなく、当たり前だがここ数年は別々に風呂に入ってる。

どうして急に姉弟子はそんなこと言い出したんだろう？

いやそれを言ったらそもそも、あいの不在を狙って家におしかけてきて手料理を振る舞ったりメイド服を着たりするのは何故なんだ？

将棋でもそうだが、狙いのわからない手は不気味なものだ。

考えられる可能性としては――

「あ、姉弟子？」

「なに？」

「姉弟子ってもしかして……俺のこと好き？　とか？」

「はぁ⁉」

ガゴン‼

「大丈夫ですか⁉　凄い音がしましたけど……」

「や、八一がバカなこと聞くからでしょ⁉　ぶちこりょすじょ⁉」

やっぱり違ったか。そりゃそうか。

じゃあどうして風呂で俺の背中を流すなんて言うんだ？

は⁉

ま、まさか………俺に対してハニートラップを仕掛けようとしている⁉　ここで俺が「じゃあお言葉に甘えて背中流してもらおっかな～」などと答えようものなら、その様子を録画して脅迫する材料にするつもりなのでは⁉

あいがその動画を見れば、俺の命は無いからだ。

つまりここで姉弟子の申し出に乗っかれば、俺は今後一生、脅迫され続けることになる。

しかし……しかし男としてこの申し出を断ることは難しい。

だってメイドさんにお風呂でご奉仕してもらうとか漫画の世界でしょ⁉　こんなチャンス一生に一度あるか無いかだよ⁉

俺にメイド特効があると見抜いてのことか⁉

人生が詰むとわかっていても飛び込まざるを得ない……！

「くそっ！　なんて卑劣な毒饅頭を仕掛けてくるんだ！　こんなの取る以外の選択肢が無いじゃないか‼」

「はぁ？　毒饅頭？　ソフトがそんな手を指してきたの？」

あんただあんた。

「いいからさっさとお風呂に入りなさいよ。どうせ夜通し研究するんでしょ？　この後も夜食

を作ってあげたり、疲れたらマッサージしてあげたり、こっちも予定ってものがあるんだから
……八一がしてほしいって言うなら……そ、添い寝くらいならしてあげても……」

最後のほうはゴニョゴニョゴニョと恥ずかしそうに姉弟子は言った。その恥じらう感じもまた、たまらない。

思わずフラフラとドアのノブに手をかけそうになる。

その時だった。

「らめー！」

俺の気が逸れた一瞬の隙を突くかのようにシャルちゃんが叫び声を上げたのは。

あ……終わった……。

「ちちょーのめいどたんは、しゃうなんだよー！　おひめさまはちがうのっ！」

ドアを開けて廊下に飛び出したシャルちゃんは、立っていた姉弟子に向かって敢然とノーを突きつける。

銀髪メイドと金髪メイドが正面から向かい合うという、これまた現実とは思えないような光景が、大阪の安アパートの中で実現したのだった……。

「「…………」」

俺は両手で顔を覆い。

そして姉弟子は、部屋から飛び出して来た小さなメイドさんを、新種の昆虫を観察するファ

ーブル博士のようにまじまじと見た。

そして言った。

「おかしいと思ったのよ」

姉弟子の拳が小刻みに震え始める。

「ずっと幼女の声が聞こえてたし……それに八一が私のメイド服姿を見てもほぼ何の反応も示さなかったし………もっと刺激の強いモノを見てたら、そりゃ私のメイド服姿なんて見ても反応しないわよね……」

鋭い。

「内弟子の幼女がいなくなった隙に、別のもっと幼い幼女にメイド服を着せてご奉仕させるとか……本当に終わってる……クズ中のクズ……ここまで腐り果てたロリコンに成り下がってるなんて………！」

「ストップストップ！　シャルちゃんは俺が呼んだわけでも俺がメイド服を着せたわけでもないから！」

「じゃあこの幼女用のメイド服は誰が用意したのよ？」

「俺がヨドバシの通販で買った」

「ぶちころすぞわれ⁉」

握り締めた拳を躊躇無く俺の顔面に向けて振り抜いた姉弟子は、衝撃で床に転がった弟弟子にさらなる追撃を加えようと室内に踏み込んでくる。

しかし。

姉弟子の拳が再び俺に降ってくることはなかった。

「うっ……………うぁ…………ひっく……………ええーん……！」

床にぺたんと座り込んだシャルちゃんが、声を上げて泣き始めたから……。

☗

「ええーん！　うっ、うぇ……ああー！　ああー！」

「しゃ、シャルちゃん泣き止んで。本当に姉弟子がシャルちゃんを食べちゃったりしないから……………たぶん……」

今、私の前には二人の人間がいる。

一人は私の弟弟子。九頭竜八一。将棋の研究をすると言っておきながら本当は幼女を連れ込んでメイドの格好をさせていた幼女研究家にして鬼畜ロリコンクズ野郎。

もう一人は……シャルロット・イゾアールという名前の幼女。

フランスだったかどこかから来た、まだ研修会には入ってないけど連盟道場とかでよく見かける、将棋指しの卵。

「ひっく………ち、ちがうの………しゃう、たべらえるの、こわいんじゃなくて……」

「違う？　じゃあどうして泣いてるの？」

「……しゃう、いっつもみんなにめーわくかけてぅの……」

幼女……シャルは、私と八一のあいだに座り込んで泣きながらこう言っているらしかった。

『自分はいつも、みんなに迷惑をかけている』と。

「だかぁね？　しゃう、めーろしゃんになれば、ちちょにおかえしできうって……あいたんみたいに、おてちゅだいできるって、おもったんだよー………ぐしゅ……」

舌っ足らずだし泣きながら喋ってるから聞き取りづらい。

けれど不思議とシャルの言葉は綺麗に理解できた。

メイド服を着て、普段とちょっと違う自分になる。そうすれば、苦手な家事もできるようになる……かもしれない。

その瞬間、私は気づいた。

「…………そっか。あんたも……」

私と同じなんだ。

何もできず、ただ皆から可愛がられ、守られる存在。それでいいんだと言われ続ける存在。

生まれつき身体が弱くて容姿に特徴のある私も、将棋に出会うまでは……師匠や八一に出会うまでは、そうだった。

シャルもきっとそうだった。私と違って健康だけど、でもきっと……同じだ。

その小さな女の子が、変わろうとしている。

ただ慈しまれる存在から、自分が誰かに何かを与えられる存在になろうとしている。自立して、成長しようとしている。

それは女流棋士や奨励会員になることと、そんなに変わらないのかもしれない。

八一の弟子や桂香さんが一日だけ研修を受けたところで実力的に何かが変わるはずない。けど研修の内容云々よりも、研修を受けたという事実によって、女流棋士としての自覚のようなものが生まれるんだろう。私たちがメイド服を着ることで何かが変わるかもと思ったように。

だから私は大きく息を吐いてから、こう提案した。

「じゃあ一緒にする？」

「ふぇ……？」

「別に家事を全部一人でやらなきゃいけない決まりなんてないわ。一緒にやれば手間も時間も半分で済むでしょ？」

「おひめたまと……しゃう、いっしょ……？」

「そうよ。メイド二人でコンビを組むの」

「くむー！」

泣き顔から一瞬で笑顔に変わると、小さなメイドは私に抱きついてきた。

「しゃう、おひめたまといっしょに、かじしゅるんだよー！」

「エッ⁉」

甦った（よみがえ）バカが言った。

「それってつまり…………姉弟子とシャルちゃんが二人がかりで俺の背中を流してくれる……ってコト⁉」

「そのまま死んでろクズロリコン」

私は白いストッキングに包まれた足で、ご主人様（ごしゅじんさま）の背中を優しく踏みつけた。シャルも楽しそうに八一の背中でトランポリンみたいに飛び跳ねた。


その後、私はシャルと一緒に掃除をしたり洗濯をしたり、夜食を作ったりした。効率よく家事ができたとは思わないけど、まあ一人でするより楽しかったのは事実よね。

それから元の服に着替えて新幹線で京都まで行って、駅まで迎えに来ていたシャルのご両親に「今日は私と一緒に将棋を指していました」と説明した。この前の将棋大会で優勝したご褒美だと。

どうにも長くなったけど、これもまた棋士の一日だ。

……いつも通りの一日とはさすがに言わないけどね。

☖

「ただいま帰りましたー！」

翌日の夕方。

研修と対局を終えたあいは元気に家に戻ってきた。

自室で静かに研究していた俺は、廊下に出て弟子を出迎える。重要な対局が迫っているので昨日からずっと椅子に座って研究してた。横になると背中が痛いという事情もある。

「おかえり。あい」

「ししょー！　あいが留守のあいだ、なにかありましたか？」

「特には」

そう。特には何もなかった。

シャルちゃんと姉弟子が家事をしに来てくれたことは敢えて伝える必要のないことだ。それには姉弟子も同意してくれた。もともとメイド服に着替えたことも含めて「誰にも言うんじゃないわよ？」って念を押されてたし。

シャルちゃんも「これは三人だけの秘密だよ？」って言ったら嬉しそうに「しゃう、ひみちゅまもゆんだよー！」って言ってたので、おそらく大丈夫だろう。いつか喋っちゃうかもしれないが、その頃にはほとぼりも冷めているはずだ。

そんなわけで俺がずっと一人で将棋の研究をしていたと思っているあいは、心配そうに尋ねてきた。

「ごはん、しっかり食べてくれました？　お風呂は？　将棋の研究ばっかりしてなかったですか？」

「ちゃんと食べたよ。風呂にも入ったし」

嘘は言ってない。嘘は。

「それよりあいはどうだった？　対局は？」

「勝ちましたー！」

朗らかな笑顔とともに、あいはリュックから一枚の紙を取り出す。

中継されない対局はいずれ棋士だけが利用できるデータベースに収録されるが、リアルタイムでは見られない。だからこうして本人から聞くのが一番早い。

「これが棋譜です」

「どれどれ……？」

俺は棋譜をざっと読む。

あいの先手で始まったその対局は、居飛車のあいが振り飛車の相手を基本的にずっとずっと殴り続けるという、俺が振り飛車側だったら将棋を辞めたくなるような展開だったが……。

俺が最も震えたのは、指し手よりも時間の使い方だった。

相手は時間いっぱい使い切っているのに対して、あいはというと――

「消費時間………ゼロ分……？」

「えへへー♡　一秒でも早く帰ってきたくて、ついつい早指しになっちゃいました！」

「そ、そうなんだ……」

「ところで師匠」

あいは俺の部屋の中に入って、自分で設置していった監視カメ……もとい、見守りカメラを取り外す。

そしてこう言った。

「いつからカメラが一つしかないと思っていたんですか？」

「なっ⁉」

………なん…………だと…………⁉

「ちょ、ちょっと待ってくれる？　え？　だって約束じゃあ、カメラはこの部屋にだけ設置するって――」

「ええ。このお部屋にだけ設置する約束でしたよね？　だからこのお部屋にもう一つカメラを設置させていただきました」

あいはそう言うと、おもむろに椅子の上に乗る。

そして背伸びして天井の照明器具のケースを外すと、そこに収まっている一見なんの変哲もない電球を示しながら、説明した。

「電球型の三六〇度パノラマカメラです。LEDライトも内蔵しているから、光らせながらお部屋全体を見守ることができるんです。ばんのうです」

「そ、そういえば……ちょっと前に部屋の電球が切れたとき、あいが取り替えてくれて……まさかその時に⁉」

「ちなみにこっちの監視カメラ、音声もバッチリ入るんです！」

いま監視カメラって言ったよね？

「あと、録画もできるんです！　もちろん音声も入るから……ほら！　こうやってスマホに保存して再生することもできちゃうんですよ？　リアルタイムで監視する必要がないから、帰りの新幹線でゆっくり拝見しました」

あいはスマホを操作して、収められていた動画を再生する。

そこに映っているやり取りは――


『ちちょーのおしる、とってもおいしーんだよー！』

『そうかい？　もっと飲む？』

『のみゅ』

それは確かに俺とシャルちゃんの会話だった。

しかも映像が天井からのものしか無いことでむしろ逆に大変なことになっている。

せめて別の角度からの映像もあれば言い訳もできただろうが……それは俺が自分の手で潰してしまっていた……。

『ねーねーちちょー。どうしておまたからばながでぅのー？』

『大人には色々な事情があるんだよ』

『はむっ……ちゅっ……じゅぱっ……ちちょーのおまたばなな、とってもおいちぃんだよー♡』

「おしえてくれますよね？　どうしてシャルちゃんがこの部屋に来てて、師匠のズボンからバナナが出てきたのかを……」

「ち、違うんだ！　それは完全に誤解なんだよ！　バナナは確かに俺のズボンの中に入ってたモノだけどそれは姉弟子が台所にいたからズボンに隠して持って行く必要があったからで本物のバナナなわけで――」

「へぇ？　空先生もいらっしゃってたんですかぁ？」

「はぅぅぅぅぅ⁉」

瞳孔の開ききったあいの両目で見詰められたプレッシャーから、悪手に悪手を重ねて頓死してしまった！

結局、俺はシャルちゃんだけではなく姉弟子も家に来ていたことや、二人ともメイド服を着ていたことなど全てを吐かされたのだった……三日三晩かけて。

対局？　もちろん負けたよ畜生！

（了）

# あとがき

きっかけは、しらび先生を交えた打ち合わせの席でした。

「今度『86―エイティシックス―』でこういう本が出るんですよ」

そういって教えていただいたのが、店舗特典用に書いたショートストーリー（ＳＳ）を収録した短編集でした。

ライトノベルは『専門店』と呼ばれるお店で多く扱っていただいているのですが、販売促進のためにお店ごとに特典として書き下ろしのＳＳを求められることがあります。

漫画なら、イラストが描かれたリーフレットや、四コマ漫画や１ページ漫画などが定番でしょうか。

ただ、店舗特典は印刷等の経費をお店側が負担してくださっていたりしますし、配布後すぐに文庫に収録されてしまっては「じゃあわざわざ専門店で買って集めなくてもいいじゃーん！」となってしまうおそれがあります。

そういうわけで今回収録するのは８巻までということにしました。

まさかこの本の発表のタイミングで、現実に八冠が誕生するとは思わずに……。

『第１回九頭竜八一杯竜王位防衛記念将棋大会』と『あいちゃんのヤンデレ度チェック』につ

いてはドラマCD脚本を小説化したものになります。

このお話は雷（いか）が出てきたり、あいと天（てん）ちゃんが直接対決をしていたりと、本編とは明確にパラレルワールドとなっているので、通常巻のナンバリングを施した8巻や13巻のような短編集には収録しづらいという事情があって……正直「お蔵入りかな？」と考えていた作品になります。

とはいえ展開はテンポもよく、オチも（ドラマCD脚本には珍しく）将棋に関することなので、気に入っていました。

小説化するために読み直しても「昔の俺は面白い話を書いてたな〜」と感心（自画自賛？）するほどです。

こうやって明確に外伝という形を取ったことで、小説として残せたのは、よかったなと思っています！

最後に収録した『シャルちゃんのおしごと！』は、この本のための完全書き下ろし作品となります。

「SSを集めた本に収録する中編とは、どんな作品がいいか？」

そこから発想して、登場人物それぞれの視点が混在する形にしてみました。根幹となっているストーリーを楽しんでいただきたいのはもちろん、そこに加えてそれぞれの『おしごと』に対する考え方の違いなんかも面白いと思っていただけたら嬉しいです。

あとは、シャルちゃんと姉弟子の組み合わせというのはあんまりなかったので、それを表紙にしたらウケるんじゃないかという下心……販売戦略もあります（笑）。

いつも素晴らしいイラストを描いていただいているしらび先生には大感謝です！


本編の続きが少し遅くなってしまって申し訳ありません……。

完結まであと二冊ですので、じっくり取り組んでおります。このあとがきの冒頭でも、しらび先生と打ち合わせを行ったと書きましたが、『りゅうおうのおしごと！』はイラストと文章が密接に連動しているため、時にはリモートで、時には会議室を借りたりして、打ち合わせを行っています。

そうした中で、しらび先生から驚くようなアイデアをいただいて、ストーリーが大きく変わるようなこともあります（あいちゃんが髪を切ったのはその典型ですね！）。

必ずよいものにしますので、もう少しお待ちいただければ幸いです！

……あと、この盤外編もいずれ2巻目を出す予定なので、そちらもぜひ……！

## ファンレター、作品の
## ご感想をお待ちしています

〈あて先〉

〒106－0032
東京都港区六本木2－4－5
SBクリエイティブ（株）
GA文庫編集部 気付

「白鳥士郎先生」係
「しらび先生」係

**本書に関するご意見・ご感想は**
**右のQRコードよりお寄せください。**

※アクセスの際に発生する通信費等はご負担ください。

https://ga.sbcr.jp/

# りゅうおうのおしごと！　盤外編1


| | |
|---|---|
| 発　行 | 2023年12月31日　初版第一刷発行 |
| 著　者 | 白鳥士郎 |
| 発行人 | 小川　淳 |
| 発行所 | SBクリエイティブ株式会社 |

〒106-0032
東京都港区六本木2-4-5
電話　03-5549-1201
　　　03-5549-1167（編集）

| | |
|---|---|
| 装　丁 | 木村デザイン・ラボ |
| 印刷・製本 | 中央精版印刷株式会社 |



ISBN978-4-8156-2353-1
Printed in Japan
GA文庫